天魔劫葉傳
천마겁섭전

임준후 新무협 판타지 소설　FANTASTIC ORIENTAL HEROES

천마검엽전 9
임준후 新무협 판타지 소설

초판 1쇄 찍은 날 § 2010년 7월 21일
초판 1쇄 펴낸 날 § 2010년 7월 28일

지은이 § 임준후
펴낸이 § 서경석

편집팀장 § 서지현
편집 § 주소영 · 어정원

펴낸곳 § 도서출판 청어람
등록번호 § 제1081-1-89호
등록일자 § 1999. 5. 31
어람번호 § 제2-1956호

주소 § 경기도 부천시 원미구 심곡2동 163-2 서경B/D 3F (우) 420-822
전화 § 032-656-4452 팩스 § 032-656-4453
http://www.chungeoram.com
E-mail § chungeoram@chungeoram.com

ⓒ 임준후, 2009

ISBN 978-89-251-2235-9 04810
ISBN 978-89-251-1954-0 (세트)

※ 파본은 구입하신 서점에서 교환하여 드립니다.
※ 저자와 협의하여 인지를 붙이지 않습니다.
※ 이 책은 도서출판 청어람과 저작자의 계약에 의해 출판된 것이므로,
  무단 전재 및 유포 · 공유를 금합니다.

天魔劍葉傳

임준후 新무협 판타지 소설

FANTASTIC ORIENTAL HEROES

천마검엽전

철혈무정로 1부

9

第一章	7
第二章	37
第三章	75
第四章	105
第五章	133
第六章	161
第七章	193
第八章	221
第九章	251
第十章	277

第一章

천마검섭전

소림장문 정안까지 포함된 삼백이 넘는 소림승들의 연수합격이었다.
 박대정심하다는 소림의 무공을 수십 년 동안 수련한 고수들의 공격.
 검엽은 금강팔승, 십팔나한에 연이어 백팔나한진을 무너뜨리고 오백나한진을 붕괴시키며 전진해 왔다.
 소림승들 속으로 파고드는 형태의 전진.
 현재 그는 소림승들에 의해 사방이 포위된 상태와 다름없는 상황이었다.
 그래서 검엽을 향해 공격을 진행하는 소림승들은 그를 중심으로 원진(圓陣)을 이룬 것과 같은 모습이 되어 있었다.

검엽의 사방 이십여 장의 지면이 우박처럼 쏟아지는 절기와 노도처럼 밀어닥치는 경풍으로 뒤집어졌다.

공격 속에는 눈부신 강기의 회오리도 적지 않게 뒤섞여 있었다.

그중 단연 돋보이는 것은 정안이 대반야진력으로 일으킨 반선수가 만들어낸 수강.

검엽의 머리 위를 부챗살처럼 퍼진 채 눌러오는 수강은 가공할 힘을 담고 있었다.

빙천혈의가 금방이라도 핏물이 뚝뚝 흐를 것처럼 시뻘건 빛으로 타올랐다.

그의 내부에서 지존천강력의 막대한 기운이 화산처럼 폭발하고 있었다.

푸르스름한 귀화를 뿌리던 그의 두 눈이 손에 감도는 묵청광과 비슷한 빛으로 변한 것은 순간이었다.

아홉 개의 검푸른빛을 뿌리는 방패가 유성처럼 허공을 가로지르며 그의 머리 위를 제외한 사방을 철벽처럼 막아섰다.

끊어지지 않고 이어지는 막대한 공세 앞에 구환마벽은 그대로 휩쓸려 소멸할 것처럼 위태로웠다.

소림승들은 이를 악물었다.

상대는 살아 있는 그들보다 더 많은 동료를 무표정하게 학살한 대마존이었다.

겉으로는 우세해 보였지만 눈에 보이는 광경에 안도하는 소림승은 없었다.

그러기에는 상대가 너무나 강한 것이다.

소림승들의 공세와 구환마벽의 충돌.

소림 무공 특유의, 장엄하기까지 한 웅휘를 담은 절기와 처절한 마기가 물씬 풍기는 극패의 구환마벽이 부딪친 순간,

콰콰콰콰콰콰—

억겁을 버텨온 거산과 해일이 맞부딪치는 듯했다.

"끄아아아아—"

하나로 이어진 무참한 비명, 그리고 자욱한 피보라와 으스러진 골육이 전장을 뒤덮었다.

구환마벽과 부딪친 소림승들의 전신이 모래성처럼 무너져 내리고 있었다.

충돌한 방편산과 선장, 계도조차 가루로 변하는 형국이었다.

뼈와 살로 된 팔다리, 육신이 버틸 수는 없는 일이었다.

소림의 외문기공은 당대 최고라 평가받고 있었지만 구환마벽 앞에서 속절없이 무너져 내렸다.

"아미타불!"

장중한 불호가 터져 나왔다.

정안이었다.

반선수의 우윳빛 수강이 얼음처럼 투명해졌다.

검엽의 머리 삼 장 위에 떠 있는 그의 눈은 습막으로 뿌옇게 흐렸다.

죽어간 소림제자들의 육편이 도처에 널려 있었고, 그들의

피가 작은 내를 이루며 산 아래로 흐르고 있었다.

열 손가락 깨물어 아프지 않은 손가락이 어디 있으랴.

수강의 서기 어린 우윳빛이 눈을 뜨기 어려울 만큼 강렬해졌다.

정안은 진원지기까지 모조리 뽑아 반선수를 펼치고 있었다.

성패의 여부나 생사의 미련을 넘어선 공세였다.

검푸른 섬광을 끌며 검엽의 머리 위를 방호하던 구환마벽이 사라지며 푸른 창공이 드러났다.

검엽은 슬쩍 고개를 들었다.

반선수의 수강이 다섯 자까지 접근해 있었다.

그의 눈빛이 무저의 심연처럼 가라앉았다.

그는 소림이 무림 중에서 벌이는 행태와 별개로 소림이라는 문파 자체를 높게 평가했다.

하나의 문파가 수백 년을 이어 내려오며 권위와 기품을 유지한다는 것은 진실로 어려운 일이었다.

그는 누구보다 그 사실을 잘 아는 사람. 그리고 정안은 소림의 당대 방장이었다.

무공의 고하를 떠나 그는 존중받을 자격이 있었다.

그래서 검엽은 구환마벽으로 정안의 앞을 막지 않은 것이다.

검엽은 우수를 들어 올렸다.

우수의 장심에서 소용돌이치던 검푸른 강기가 화산처럼 폭발하며 허공으로 쭈욱 솟구쳤다.

천강붕천수.

하늘을 무너뜨리겠다는 각오가 담긴 검엽의 창안절기와 수백 년 동안 수많은 천재들에 의해 다듬어진 반선수의 수강이 검엽의 머리 다섯 자 위에서 무서운 기세로 충돌했다.

쾅!

날벼락 치는 소리가 나며 사방 십여 장이 가공할 경기의 폭풍에 휘말렸다.

"헉!"

"크윽!"

"인간도… 아니다…….."

검엽의 머리 위에서 생성된 경기의 폭풍은 동심원을 이루며 퍼져 나갔고, 검엽을 공격하던 그것에 휘말린 소림승들은 휴짓조각처럼 수장여를 밀려나며 지면을 나뒹굴었다.

아수라장.

검엽의 머리 위를 뒤덮었던 찬연한 우윳빛 서기는 스러졌다.

그리고 허공중에 흩어지는 것은 고운 피 안개.

정안의 모습은 보이지 않았다.

싸움은 멈췄다.

살아남은 소림승의 수는 이백여.

경기에 휘말려 쓰러진 소림승이 절반, 서 있는 소림승이 절반이었다.

그들은 반쯤 넋이 나간 듯한 얼굴이 되어 망연히 검엽을 바라보았다.

 핏빛의 혈의자락을 나부끼며 산문을 향해 천천히 걸음을 옮기고 있는 대마존.

 인세의 것이 아닌 듯 아름다운 검엽의 외모가 소림승들에게 더 큰 전율을 불러일으켰다.

 공포보다 더한 무력감과 분노가 그들의 마음을 사로잡았다.

 죽음으로도 막을 수 없는 자였다.

 주저앉아 있는 소림승들 중에는 주먹으로 땅을 치는 자와 피눈물을 흘리는 자들이 속출했다.

 퍽. 퍽.

 그러나 으레 있을 법한 아우성이나 분노의 외침은 들리지 않았다.

 그들은 이를 악물며 자리에서 일어났다.

 죽음으로 막을 수 없는 자라 할지라도 시도는 해야 했다.

 실패한다 해도 멈추어서는 안 되었다.

 그것이 천하창생을 위하는 일이었다.

 이처럼 생명을 귀히 여기지 않는 자를 세상에 내보내서는 안 되는 것이다.

 그것이 살신성인.

 부처의 자비였다.

 소림승들은 하나둘씩 산문 앞에 모여들었다.

 그들의 중심에는 정안에게 뒤를 부탁받은 양심당주 정언이 있었다.

대열은 엉망이었다.

소나한진, 중나한진, 대나한진이 모두 무너졌다.

진으로 상대할 수 있는 자가 아닌 것이다.

아니, 상대할 수 있느냐 없느냐는 이제 중요하지 않았다.

불을 찾아 날아드는 불나방처럼 무모한 일이라는 걸 모르는 사람은 없었으니까.

일천이 상대해서 팔백이 죽었다.

이백이 어찌 상대할 수 있으랴.

그들의 마음은 한결같았다.

소림의 명예와 전통은 마(魔)를 두려워하지 않고 정면에서 맞서는 것에 있다.

수는 줄었지만 일천이 모여 있을 때보다 몇 배는 강한 기백과 결연한 의지였다.

하지만 그들을 보는 검엽의 눈빛은 좀 전보다 더 서늘해져 있었다.

그의 앞에 있는 자들은 승(僧)이 아니라 무인(武人)이었다.

무(武)를 수단으로 자신의 지위를 높이려는 세속의 문파와 무엇이 다를까.

무(武)의 본질은 투쟁(鬪爭)이다.

싸우지 않고서는 성취를 가늠하는 것이 가능하지 않은 영역이 무공.

부처의 가르침을 따르는 자들이 한편으로 무(武)를 숭상한다는 것은 이율배반이었다.

검엽의 입꼬리가 비틀렸다.

그 웃음은 냉혹했다.

설령 승이라 해도 꺼리지 않았겠지만 무인이라면 거리낄 이유가 더욱 없는 것이다.

구환마벽이 명멸하는 속도가 빨라지고, 그의 두 손에 어린 묵청광이 빛을 더했다.

저벅.

대기가 뒤틀리고 지면이 지진이 난 듯 진동했다.

이백의 소림승은 창백한 얼굴로 부서져라 이를 악물었다.

꿈에서도 상상한 적이 없는 막대한 기세가 그들을 향해 밀려오고 있었다.

이백의 소림승은 동시에 두 걸음을 물러서야 했다.

그들로서는 이겨낼 수 없는 기세와 살기였다.

버티는 것도 불가능했다.

소림승들의 얼굴에 떠오른 결연함은 사라지지 않았지만 절망의 기색이 그 결연함을 가릴 만큼 짙어졌다.

저벅.

한 걸음의 전진.

두 걸음의 후퇴.

"으드득!"

소림승들의 입술 사이로 핏물이 흘렀다. 뒤이어 코에서도, 귀에서도 핏물이 흘러나왔다.

개중에는 입을 벌리고 핏덩어리를 게위내는 소림승도 보

였다.

그들이 상대할 수 있는 기세가 아니었다.

저벅.

검엽의 천마군림보는 멈춰지지 않았다.

소림승들은 비좁은 산문 안으로 밀려들어 갔다.

혼란은 없었다.

검엽은 그들이 안으로 들어가는 것을 허락했다.

검엽의 신형이 산문 일 장 앞에 도착했다.

그리고 산문과 그 위에 매달린 현판, 산문과 이어진 담장이 느릿하게 뒤로 기울었다.

검엽의 기세는 무형이면서 또한 유형이었다.

파멸천강지기는 패도의 극이다.

그것은 사물과 마음을 부수는 절대력인 것이다.

소림승들의 눈에 피눈물이 맺혔다.

그들의 눈앞에서 산문이… 현판이… 이십여 장 가까운 담장이 서서히 가루로 변해 흩어져 가고 있었다.

정언과 소림제자들의 입에서 피맺힌 절규가 터져 나왔다.

"안 돼!"

그러나 그들의 절규로도 먼지로 화한 현판을 구할 수는 없었다.

스스스스스스ㅡ

소림의 정면은 텅 비었다.

그리고 검엽은 무심한 얼굴로 걸음을 내딛을 뿐이었다.

저벅.

그가 산문이 있던 자리를 지나 한 걸음을 내딛는 순간,

"아미타불, 시주는 걸음을 멈추시오!"

범종이 울리는 것처럼 장중한 일갈이 고색창연한 사찰의 건물들 뒤편에서 들려왔다.

검엽은 걸음을 멈췄다.

칠공에서 피를 토하며 괴로워하던 소림승들의 얼굴이 환해지는 것이 그의 눈에 들어왔다.

심연처럼 가라앉아 있던 검엽의 눈이 조금 가늘어졌다.

'천리전성(千里傳聲). 오 리 밖이군……'

검엽은 뒷짐을 졌다.

빙천혈의가 조금씩 흰빛을 되찾아갔다.

일다향이 지났을까.

사락. 사락.

옷자락 스치는 소리가 들려온다 싶더니 이백여 소림승 앞에 두 명의 노승이 환상처럼 모습을 드러냈다.

깨끗하긴 하지만 해질 대로 해진 황색 가사를 걸친 두 명의 노승.

우측의 노승은 빈손이었고, 좌측의 노인은 석 자 다섯 치의 평범한 검 한 자루를 허리춤에 차고 있었다.

소림의 고인들임에도 불구하고 그들의 백발은 허리춤에 닿을 정도로 길었다.

눈이 보이지 않을 만큼 긴 백미와 가슴까지 늘어진 백염, 마

른 장작처럼 깡마르고 키가 크지만 피부에는 맑은 윤기가 흘렀고, 간간이 백미를 뚫고 나오는 신광은 장엄한 기세가 담겨 있었다.

그들의 뒤를 이어 도착한 사람은 정안의 명을 받고 장생전으로 갔던 계율원주 정명이었다.

정언이 이끄는 이백의 소림승이 두 명의 노승을 향해 합장했다.

"사조님들을 뵙습니다."

노승들은 후인들의 인사를 받을 여유가 없는 듯했다.

장내를 돌아본 그들의 입에서 창노한 불호가 쉴 새 없이 흘러나왔다.

"아미타불… 아미타불……."

일백여 년의 세월을 정진한 그들에게도 장내에 벌어진 참경은 충격적일 수밖에 없었다.

도처에 시산이 쌓여 있었고, 발밑에는 피의 강이 흐르고 있지 않은가.

키가 좀 더 큰 우측의 노승이 검엽을 정면으로 응시하며 말했다.

"아미타불……. 참으로 악독한 손속이로고."

높은 음성은 아니었다.

하지만 그 안에 담겨 있는 분노와 슬픔은 절절했다.

노승의 백미가 서서히 곤두섰다.

그가 장중한 어조로 말했다.

"그대의 천품은 일찍이 본 적이 없을 정도이거늘, 그대와 같은 사람이 왜 이런 천인공노할 짓을 하는가!"

검엽은 대답하지 않았다.

지금 상황에서 질문은 단지 분노의 다른 표현에 불과할 뿐이었다.

마찬가지로 대답 또한 의미가 없었다.

노승의 곤두선 눈썹이 꿈틀거렸다.

지난 일 갑자 동안 그의 앞에서 이처럼 오만하게 행동한 사람은 존재하지 않았다.

하지만 노승의 마음을 스친 바람은 곧 잦아들었다.

그의 수양은 당대에 짝이 드물 정도로 깊다.

그가 물었다.

"시주는 봉황의 하늘에서 온 사람인가?"

"눈썰미가 좋군. 그대가 소림신승이라 불리는 천공인가?"

대답하는 검엽의 어조는 단정적이었다.

노승의 기도는 어떤 면에서는 대륙무맹주 단목천보다 뛰어난 면이 있었다.

일백 년래로 소림이 배출한 인물들 중 천공삼좌와 비견될 만한 인물이라면 단 한 명밖에 없었다.

노승, 정무총련의 초대 련주이자 현재의 련주인 열화천존 백운천과 백도제일고수를 다투었던 천공 선사는 잠시 침묵했다.

반말이 기분 나빠서일 리는 없었다.

천공 선사의 백염이 바람도 없는데 미미하게 흔들리고 있었다.

마음에 충격을 받은 것이다.

'혹시 했는데……'

천공은 내심 침음성을 토했다.

단신으로 소림의 대중소 삼대나한진을 무너뜨릴 수 있는 능력자는 당세에 존재하지 않았다.

'창천곡의 그들도 단신으로 소림을 이렇게 만들지는 못한다……'

천공이 검엽이 봉황천에서 온 사람이라 짐작한 이유가 그것이었다.

십방무맥의 종사 급 인물이 아니라면 이런 능력을 갖고 있을 수가 없었으니까.

그에 더해 죽은 소림승들의 몸에 남은 흔적은 그가 들은 십방무맥의 한 무맥에 전승되는 무공과 흡사했다.

'창천곡의 그들이 두려워할 만한 곳이로고.'

천공의 탄식은 깊었다.

봉황천을 언급했지만 그가 봉황천에 대해 아는 것은 많지 않았다.

그 또한 전해 들은 것에 불과했기 때문이다.

그러나 봉황천에 대해 그에게 전해준 사람들의 능력을 알고 있었기에 그는 봉황천의 능력을 능히 미루어 짐작하고 있었다.

그들의 능력은 반신(半神)의 경지에 도달해 있었다.

그런 그들이 두려워하고 경계하는 무맥이 바로 봉황천이었다.

옆의 노승도 경악한 듯 천공 선사와 별반 다르지 않은 반응을 보이고 있었다.

영문을 모르는 건 정명과 정언을 비롯한 소림승들이었다.

그들은 봉황의 하늘이 무엇을 뜻하는지 알지 못했다.

그러나 천공 선사와 그의 사제이자, 천공과 더불어 소림쌍신승이라 불리는 천굉 선사까지 충격을 받은 듯한 모습을 보이자 모두 침을 삼켰다.

봉황의 하늘이라는 말이 대각과 해탈을 얼마 남겨두지 않았다고 알려진 두 신승의 평정을 깨뜨릴 정도라는 것을 알아차린 것이다.

천공은 탄식했다.

"아홉 무맥은 금약의 금제를 벗어나지 못한다고 알고 있었거늘."

"아는 것이 적지 않군."

검엽은 천천히 뒷짐을 풀었다.

봉황천 십방무맥에 대한 것은 천하에서 가장 중한 비밀에 속했다.

무공을 익힌 자들이라면 누구나 알고 싶어하면서도 또한 아무도 언급하고 싶어하지 않기에 저절로 비밀이 되어버린 무맥.

십방무맥이 활동하지 않은 지 천 년이 넘는 세월이 흘렀고, 천하는 십방무맥을 잊었다.

천공이 그를 보고 대뜸 봉황천을 언급하고, 금약을 얘기한 것은 심상하게 넘길 일이 아니었다.

무맥의 내부를 알지 못하는 자라면 말할 수 없는 것들이었으니까.

검엽이 물었다.

"그대는 내가 어디에서 왔는지도 아는가?"

천공은 묵묵히 검엽의 시선을 정면으로 받았다.

그가 들은 봉황천 십방무맥 중 이처럼 잔혹하고 악마적인 손속을 가진 무맥은 하나뿐이었다.

그가 말했다.

"창룡신화종이라 불리는 무맥이라 생각하네."

검엽의 흰 이가 드러났다.

그는 소리없이 웃으며 말했다.

"정말 제대로 아는군. 나는 창룡신화종의 당대 종주 고검엽이라 한다."

그의 말을 들은 천공의 백미백염이 파도치듯 출렁였다.

검엽의 등 뒤로 검푸른 마기가 처절한 나래를 펴고 있었다.

빙천혈의가 단숨에 핏빛으로 젖어들었다.

가공할 마기와 뼈를 깎는 살기가 숭산을 휘감았다.

그가 말했다.

"소림에 오기를 잘했다는 생각이 든다. 확신을 하고 있긴 했어도 지금까지는 짐작에 불과했던 것이, 그대의 대답을 통해 사실로 밝혀졌으니까."

천공의 안색이 납덩이처럼 무거워졌다.

그는 검엽의 말을 이해하지 못했다.

자신과 검엽 사이에 오간 말은 중차대한 무림의 비밀이긴 하지만 봉황천에 대한 것들뿐이었다.

그 속에서 검엽은 대체 무엇을 알아냈단 말인가.

그가 어떻게 알 것인가.

검엽이 천하의 판세를 암중에 지배하는 자들이 있다는 확신을 가지고 있긴 했어도 증거를 가지고 있지는 않았다는 것을.

물론 검엽이 증거를 얻으려고 마음먹었다면 이미 손에 넣었을 것이긴 했지만.

천공은 입을 다물었다.

현장을 본 그는 충격을 받았고, 그것이 마음에 틈을 만들어 냈다.

소림이 불문이 아닌 속가 문파였다면 천공의 반응은 지금과 같지 않고 격렬했을 것이다.

그러나 그는 소림의 인물이었고, 감정에 움직일 나이도 아니었다.

충격과 슬픔이 컸지만 그의 깊은 마음 수양은 그가 감정에 매몰되어 이성을 잃는 것을 허락하지 않았다.

검엽과의 대화는 그래서 이루어졌다.

그리고 대화에서 그는 얻은 것이 없고, 검엽은 무엇인가를 얻었다.

천공은 뒤를 향해 말했다.

"정언."

"예, 사숙."

"만약 나와 천괴 사제가… 패한다면 소림은 고 종주의 뜻대로 봉문하도록 하거라."

"…사숙……."

정언을 비롯한 소림승들의 입술이 덜덜 떨렸다.

소림은 창건 이래 정도무림의 정신적 지주 역할을 해왔고, 그 박대정심한 무공으로 정도무림의 무공을 번성시켰다.

그런 무림에서의 지위와 상징성 때문에 천하를 석권하려 했던 마도의 세력들은 언제나 소림을 무너뜨리려 했다.

하지만 그런 시도는 소림 창건 이래 단 한 번도 성공하지 못했다.

천추군림성을 세워 장강이남의 대륙 중서부를 석권한 군림칠마성조차 소림을 어찌할 생각은 하지 못했다.

힘이 모자라서가 아니었다.

성공한다 해도 남는 것이 없는 일이기 때문이었다.

설령 소림을 무림에서 지운다 할지라도 그 과정에서 자신의 세력에 치명적인 손상을 입는다면 무림에서 어떻게 존속할 수 있겠는가.

그런데 단신으로 소림을 방문한 자에 의해 유례없는 강제 봉문이 실행되려 하고 있었다.

소림승들의 마음이 참담하기 이를 데 없는 이유였다.

재차 입을 여는 천공의 음성은 엄했다.

"약속하겠느냐!"

정언은 입술을 깨물며 고개를 숙였다.

사미승 시절 이후 눈에서 흐른 적이 없는 소금기 섞인 물기가 그의 뺨을 적셨다.

"알겠습니다, 사숙."

목이 멘 그의 음성은 탁했다.

백미로 가려진 천공의 눈빛이 잠시 흐릿해졌다.

그러나 그 흐트러짐은 나타남과 동시에 사라졌다.

그의 시선은 여전히 검엽을 향한 채였다.

그가 검엽에게 말했다.

"우리와의 승부로 손을 멈추어주시겠는가?"

"봉문을 받아들인다면 내가 그 이상 손을 쓸 이유는 없다."

천공은 작게 고개를 끄덕였다.

원하던 대답이었다.

"혼자서는 힘이 부침을 인정하네. 둘이 함께 손을 써도 너무 뭐라 하지 마시게."

"좋을 대로."

"나는 평생을 수장의 연마에 바쳤고, 사제는 본사의 검법을 수련했네."

천공은 합장을 하고, 천굉은 검을 뽑아 들었다.

그들의 등 뒤에 후광과도 같은 황금빛 서기가 어리고 전신에서 은은한 전단향이 흘러나왔다.

정언을 비롯한 소림승들의 눈이 커졌다. 그리고 그들의 입술 사이로 신음과도 같은 탄성이 새어 나왔다.

"아미타불. 무상… 전단… 신공… 이로구나!"

정언의 눈에 말랐던 물기가 다시 맺혔다.

무상전단신공은 소림의 무수한 신공들 가운데서도 이백여 년 전 실전되어 전해지지 않는 무상금강력만이 비견될 수 있다고 알려진 절세의 신공이었다.

익히기도 난해했다.

재능과 불력이 부족한 사람은 일 갑자를 수련한다 해도 일 성의 성취조차 얻기 어렵다는 말이 사족처럼 따라다닐 만큼 성취가 어려운 공부였다.

그래서 일백여 년 동안 무상전단신공을 익힌 사람은 소림 내에서 한 명도 없다고 알려져 있었다.

그런 신공을 천공과 천굉이 익힌 것이다.

지켜보는 소림승들의 마음에 희망의 싹이 돋아났다.

자신을 고검엽이라 밝힌 대마존의 무공은 인간이 익힌 것이라고 믿어지지 않을 만큼 초인적이었다.

하지만 무상전단신공을 익힌 두 명의 신승이라면 승리할 수 있을지도 몰랐다.

무상전단신공은 마공류의 천적이라 불리는 신공이 아니던가.

천공의 쌍수가 황금빛으로 물들었다.

그가 언급했던 것처럼 그는 평생 동안 수법과 장법을 수련했고, 그중에서 가장 높은 성취를 이룬 것은 항마금강장법이었다.

동시에 천굉의 손에 들린 검끝에 눈부신 광채가 어리더니 일곱 자 길이로 쭉 늘어났다.

검강이었다.

그의 명성은 천공에 가려져 크게 빛을 발하지는 못했지만 그는 소림 역사상 보기 드문 검법의 고수였다.

그는 평생 동안 검만을 수련했고, 소림사 내에서 잊혀졌던 달마십삼검을 복원했다.

두 명의 절대고수가 피워 올리는 기세가 검엽을 향해 밀려들었다.

영원처럼 이어질 듯하던 대치는 어느 순간 끝이 났다.

천공과 천굉의 신형이 검엽의 좌우로 갈라지며 미끄러지듯 거리를 좁혔다.

느린 듯하지만 육안으로 식별하기 어려울 정도로 빠른 보법.

이형환위를 기본 요결로 한다는 절세의 금강부동보였다.

환상처럼 산더미 같은 손그림자와 찬연한 빛을 뿌리는 검강이 검엽의 전신을 뒤덮었다.

찰나지간 검엽의 주변에 검푸른빛의 방패 아홉 개가 생성되었다.

쿠쿠쿠쿠쿵!

충돌은 격렬했다.

지켜보던 소림승들은 허겁지겁 전장에서 이십여 장 뒤로 물러났다.

맹수의 포효처럼 으르렁거리는 경기의 폭풍이 방원 삼십여 장을 사정없이 물어뜯고 있었다.

무상전단신공이 실린 항마금강장세와 달마십삼검세가 소나기처럼 검엽에게 쏟아졌다.

쉴 새 없이 충돌하는 구환마벽과 쌍신승의 공세를 무심한 눈으로 지켜보던 검엽의 눈매가 보일 듯 말 듯 가늘어졌다.

구환마벽과 부딪친 천공의 쌍수와 천굉의 검은 부서지지 않았다.

심마지해를 나선 후 구환마벽의 흡(吸)과 탄(彈)자결이 연환되는 암흑생사망(暗黑生死網) 앞에서 무너지지 않는 자들을 처음 만난 것이다.

소림사, 그리고 소림이 낳은 쌍신승의 명성은 허언이 아니었다.

그러나 그를 공격하는 쌍신승의 심정은 참담했다.

진원지기까지 끌어올린, 혼신을 다한 공격이었다.

그런 공격으로도 상대를 움직이게 하기는커녕 그를 둘러싼 호신강기의 벽조차 깨지 못하고 있었다.

천공의 백미가 세차게 흔들렸다.

'명불허전……. 그들이 십방무맥을 언급할 때 그처럼 거리끼는 것을 이상하게 여겼었는데… 그럴 만했구나. 아아, 오늘

이자를 막지 못한다면 중원무림의 운명은 풍전등화와 같을 것이다.'

 그의 눈에 검푸른 방패 너머에서 무표정하게 자신들을 지켜보고 있던 검엽이 서서히 두 손을 들어 올리는 것이 들어왔다.

 그의 안색이 창백해졌다.

 호신강기만으로 자신들의 공세를 막는 자였다.

 공세를 취한다면 그 위력이 어떠할지는 불문가지.

 천공과 천굉의 공세가 벼락치듯 강해졌다.

 콰콰쾅!

 그들의 금강장세와 달마검강을 막아선 두 개의 검푸른 마벽이 거대한 굉음과 함께 터져 나갔다.

 기회를 놓칠 쌍신승이 아니었다.

 천공과 천굉은 무서운 속도로 허를 드러낸 구환마벽 안으로 뛰어들었다.

 천굉의 달마검강이 일 장 길이로 늘어났고, 천공의 두 손은 눈을 뜰 수 없을 정도로 찬란한 황금빛 수강을 토해냈다.

 생사를 도외시한 공격.

 검엽의 입꼬리가 비틀렸다.

 마벽이 무너진 것은 천공과 천굉의 능력이었다.

 그러나 그들이 마벽의 안으로 들어온 것은 그들의 능력이 아니었다.

 검엽이 허락했기에 그들은 안으로 들어올 수 있었다.

 쌍신승은 그것을 몰랐다.

그것으로 승부는 갈렸다.

가슴 앞까지 들어 올린 검엽의 두 손이 소름 끼치는 묵청광을 발했다.

그리고 그 묵청광은 단숨에 세력을 넓히며 방원 오 장 이내를 태산과도 같은 압력으로 짓눌렀다.

두 손의 움직임은 각기 달랐다.

오른손과 왼손이 펼치는 초식이 달랐던 것이다.

양의분심공에 의해 두 개의 초식이 한꺼번에 펼쳐진 것이다.

이 또한 검엽은 강호에 나온 후 처음 있는 일이었다.

보이는 것은 뒤집히고 무너진 천지(天地).

오른손에서 펼쳐진 것은 천강지존수의 제이초 천강번천수, 그리고 왼손은 제삼초 천강붕천수의 경로를 따랐다.

본래 최대 오십여 장에 미치는 두 초식의 파괴력이 오 장에 집중되었다.

그 위력은 가공스럽다는 말로도 부족했다.

천공과 천굉의 안색이 흙빛으로 변했다.

콰콰콰쾅!

수강과 검강이 가을날 흩날리는 낙엽처럼 허무하게 그들의 제어를 벗어나 스러지고 있었다.

더 이상 끌어올릴 진력은 남아 있지 않았다.

두 사람의 시선이 부딪쳤다.

그들의 눈에 담긴 것은 허무와 절망이었다.

'창천곡이여… 그대들이 나서야 한다. 더 늦기 전에…….'
그들이 마지막으로 중얼거린 말은 똑같았다.
천강수에 휩쓸린 두 사람의 신형이 피 모래로 으스러졌다.

검엽은 떠났다.
산문과 담장이 무너졌을 뿐 소림의 전각들은 온전히 보존되었다.
그러나 건물이 온전하면 무엇하랴.
그 안에 살고 있는 사람들의 마음은 온통 절망뿐인 것을.
천공에게 사후를 부탁받은 사람은 정언이다.
그는 정명과 함께 망연한 얼굴로 어깨를 늘어뜨린 채 미동도 하지 않고 서 있었다.
살아남은 제자들을 추슬러야 했다.
하지만 지금의 그가 그 역할을 감당하는 건 무리였다.
마음이 흐트러지긴 그도 다른 제자들과 다를 바 없었다.
그때였다.
"정언, 정명."
어린아이의 것처럼 청아한 음성이 그들의 바로 옆에서 들려왔다.
정신이 번쩍 든 두 사람은 음성이 들려온 곳으로 고개를 돌렸다.
그곳에는 진물이 흐르는 눈으로 그들을 보고 있는 왜소한 노승이 서 있었다.

허름한 승복과 손에 들린 빗자루.

그는 대웅전의 앞마당을 청소하던 노승이었다.

정언과 정명은 황망하게 합장하며 고개를 숙였다.

"천우(天愚) 사숙님."

"생사가 둘이 아니거늘 무엇 때문에 마음을 놓치고 있는 것이더냐!"

정언의 볼 살이 부들부들 떨렸다.

그의 눈에서 굵은 눈물이 흘러내렸다.

"이 참경 속에서 어찌 마음을 찾을 수 있겠습니까. 소림의 명예가, 소림의 전통이 한 명의 마두 손에 무너졌습니다······. 사숙조님!"

피를 토하는 듯한 목소리였다.

그러나 천우 선사의 눈빛은 맑기만 할 뿐이었다.

"소림에 명예가 있었더냐? 전통이 있었더냐? 소림에 있는 것은 오직 불심(佛心)뿐이었거늘. 불심이 사라지지 않았거늘 너는 오늘 무엇을 잃었다고 그처럼 눈물을 흘리는 것이냐?"

천우의 음성은 현기가 어려 있었다.

이어지는 그의 말이 조용히 산사에 울려 퍼졌다.

"생사가 다르지 않으며 만물이 둘이 아니다. 불성의 자리에 선이 어디에 있을 것이며, 악이 또 어디에 있으랴. 집착이 업장을 쌓았으니 업장이 스스로 그것을 풀기 위해 왔을 뿐이니라. 업장이 풀리는 것을 슬퍼하면서 왜 업장을 쌓는 것은 두려워하지 않았더냐. 소림은 무파(武派)아니라 도량이니라. 그것을 잊었기에 오늘날의 참겁이 일어난 것이 아니겠느냐. 인과의 사슬은 무정하며 도도히 흐르는 것, 막을 수도 없고 막아서도 안 되는 것이다. 일어날 일이 일어난 것이니 슬퍼하고 분노함은 허망할 뿐이니라."

천우는 천천히 등을 돌렸다.

그의 마지막 말이 정언과 정명을 비롯한 소림승들의 마음에 남았다.

"오늘 소림을 찾은 자는 피로 인과를 증명하는 자, 혼돈에서 태어나 혼돈으로 돌아갈 자였느니. 그 또한 인과 속에 스스로의 존재를 물을 운명을 갖고 있는 자이니라. 정언, 정명… 봉문 속에 소림을 일신하거라. 소림은 무파가 아닌 불가의 도량임을 다시는 잊지 않도록 하거라. 그것을 잊는 날 오늘과 같은 참겁이 다시 소림을 찾게 되리라. 자질이 있는 제자 일백을 태실로 보내도록 하여라. 남은 십 년 동안 내 그 아이들을 가르치겠노라. 이는 내게 남은 마지막 업이다. 아미타불."

"아미타불……."

정언과 정명이 불호를 외우고 소림승들이 합장했다.

천우 선사의 모습은 천천히 장내에서 멀어져 갔다.

그는 천공의 사제였다. 천공과 천굉이 죽은 현재 소림 내에서 그보다 배분이 높은 사람은 없었다.

그렇게 배분이 높은 인물이었지만 정언은 천공과 천굉을 부를 때 천우를 부를 생각조차 하지 않았다.

천우는 일생 동안 무공을 멀리하고 불경과 수행으로 보낸 사람이었기 때문이다.

정무총련이 창건된 후 소림에 숭무정신이 높아지면서 천우 선사는 잊혀졌다.

그는 무승이 아니라 불학과 수행에 매진하는 학승이었으니까.

그러나 정언과 정명은 자신들이 그동안 천우 선사를 얼마나 잘못 보고 있었는지 절실히 깨닫고 있었다.

보라.

태실봉을 향해 나아가는 천우 선사의 발은 지면에서 세 치 이상 떨어져 있지 않은가.

그는 수십 장을 전진하는 동안 한 번도 지면에 발을 딛지 않았다.

신체 어느 한 부위도 움직이지 않을 뿐만 아니라 동(動)과 부동(不動)의 경계가 모호하여 멈춤과 나아감이 구분되지 않는 경공.

천우 선사가 펼치는 것은 소림 내에서도 전설이라 불리며 잊혀진 금강부동신법이었다.

이백 년래 소림이 배출한 최고의 고수였다는 천공 선사조차 구현하지 못했던 그 신법을 천우 선사는 너무도 자연스럽게 펼치고 있었다.

정언이 부르짖듯 소리쳤다.

"사숙, 왜… 왜 두 분 사숙과 힘을 합하지 않으신 것입니까?"

천우 선사의 신형이 찰나지간 멈칫하는 듯했다.

그러나 그것은 착각이었다.

그의 모습이 아득히 멀어져 갔다.

"내가 한 손을 더했어도 결과는 변하지 않는다. 그는 하늘이 내린 재앙, 피의 바다에서 솟아오른 마의 군주… 사람이 막을 수 없는 자이니라……."

그가 남긴 장중한 음성이 남은 사람들의 뇌리에 울려 퍼질 뿐이었다.

第二章

하남성에서 전해진 소식에 천하는 경악했다. 그리고 말을 잃었다.

황보세가에 이은 대소림사의 봉문.

백도의 거성(巨星)이라 불리며 숭앙받던 소림신승 천공 선사와 그의 사제 천굉, 그리고 소림방장 정안.

죽어간 사람들의 이름이 무림에 가져다준 충격은 상상을 초월했다.

그리고,

황보세가와 대소림사를 무너뜨린 자의 정체가 살아남은 소림승들에 의해 밝혀졌다.

봉황천 십방무맥이라는 신비무맥의 일파인 창룡신화종의

종주.

천마(天魔) 고검엽의 이름은 삼백 년 전의 혼세염왕에 비견될 정도가 되었다.

어쩌면 그보다 더 강하고 더 잔혹할 수도 있다는 평가와 함께.

무림 세력들의 움직임이 빨라졌다.

황보세가와 소림사를 단신으로 무너뜨린 자였다.

사술을 사용했다는 것이 세간의 중론이었지만 이제 그가 사용하는 것이 사술인지 무공인지 논하는 것은 아무런 의미도 없었다.

설령 사술을 썼다 해도 그는 절대 초강자였다.

이제 그 사실을 부인하는 자는 아무도 없게 되었다.

당세의 중원무림에 단신 혹은 단일세력으로 그를 상대할 수 있는 자는 존재하지 않을 거라는 수군거림이 커져 갔다.

중원천하를 장악한 구주삼패세의 고민이 깊어진 것은 자연스러운 일이었다.

황보세가에서 기존의 강자와 강세를 파괴하고 새로운 무림을 만들겠다고 조용히 선언했던 자의 이어진 행동은, 소림을 무너뜨리는 것이었다.

황당무계하기 그지없게 들리던 그 말을 천마 고검엽은 실천에 옮긴 것이다.

그것도 단신으로.

그 의미는 실로 무거웠다.

기존의 무림 질서 속에서 힘을 가진 자들은 긴장한 시선으로, 그리고 새로운 질서의 태동을 바라는 자들은 기대에 찬 시선으로 천마 고검엽을 바라보았다.
　바라보는 자들만 있는 것도 아니었다.
　서로 다른 시선을 가진 자들은 드러나지 않게 소리없이 움직이기 시작했다.
　천마 고검엽은 구주삼패세라는 무력이 지배하는 중원천하라는 평온한(?) 연못에 던져진 커다란 돌과 같았다.
　파문은 피할 수 없는 일이었고, 그 파문은 연속적인 동심원을 그리며 연못 전체로 퍼져 나갈 수밖에 없는 운명을 갖고 있었다.
　천하가 경동하기 시작한 것이다.
　가장 격렬하고 신속하게 움직인 힘은 검엽이 있는 지역의 패자, 정무총련이었다.

*　　　*　　　*

　백운천은 태사의에 등을 깊게 묻으며 관자놀이를 어루만졌다.
　머리가 지끈거렸다.
　"허어. 봉황천이라… 그것도 창룡신화종이라니, 이 무슨……."
　중얼거림이었지만 보통 사람이 평소 말하는 것보다 더 굵고 큰 음성이었다.

 백운천은 구 척 장신에 호랑이의 눈과 사자의 얼굴을 가진 거구의 사내였다.

 드높은 공력으로 인해 그의 외모가 사십대 초반에서 노화를 멈춘 지도 오십 년이 넘었다.

 눈을 지그시 감고 관자놀이를 누르던 백운천이 눈을 떴다.

 횃불과도 같은 섬광이 흐르는 눈이었다.

 그의 기세는 삼엄했다.

 백운천의 사색을 방해하지 않기 위해 숨을 죽이고 있던 부련주 신룡협 장극산과 군사 제갈유는 긴장된 신색이 되었다.

 백운천은 무공으로 성명하기 이전에 먼저 담대함으로 이름을 얻은 인물이었고 실제로도 그랬다.

 바로 옆에서 벼락이 내리쳐도 웃으며 술잔을 기울이는 성품의 그가 이처럼 무거운 얼굴을 한 것은, 사십수 년 전 삼패가 쟁패하던 시절 때뿐이었다.

 장극산과 제갈유를 차례로 훑어본 백운천이 입을 열었다.

 "부련주."

 "예."

 "창천곡에서도 이 사실을 알고 있겠지?"

 장극산은 가볍게 고개를 끄덕였다.

 "물론입니다."

 "어르신들도?"

 "그럴 것입니다. 소곡주께 곡 내의 일을 일임하고 계시긴 하지만 십방무맥의 후예가 강호로 나온 일이니까요. 곡을 창건하신 분들께서 가장 우려하던 상황입니다. 그분들이 좌시할 까닭이 없습니다."

"흠……."

낮게 침음성을 흘린 백운천은 무릎 위에 어린아이 머리통만 한 주먹을 올려놓으며 허리를 쫙 폈다.

"곡에서 나올 거라 보는가?"

그의 질문에 장극산은 조금 곤혹스러워하는 기색이 되었다.

"제가 판단할 수 있는 일이 아닙니다. 죄송합니다, 련주님."

"자네는 오십여 년 동안 나와 창천곡을 연결해 왔네. 그런 자네에게도 아직 아무런 언질이 없었다는 건가?"

"죄송합니다."

장극산은 죄송하다는 말을 반복했다.

그럴 수밖에 없었다.

그 외에 할 수 있는 말이 없는 것이다.

백운천은 혀를 차며 눈살을 찌푸렸다.

"허… 일단 중원무림의 힘으로 고검엽이라는 자를 제거하라는 거로구만. 군사, 자네 생각은 어떤가?"

한 손에는 흑우선을, 다른 한 손은 뒷짐을 진 채 깊은 눈으로 말없이 대화를 듣고만 있던 제갈유가 뒷짐을 풀었다.

"제 생각도 련주님과 같습니다. 창천곡에서는 아직 직접 나서서 고검엽을 처리할 의사가 없는 듯합니다."

백운천의 눈빛이 무서울 정도로 강해졌다.

"지난날 곡의 어르신들은 봉황천의 열 개 무맥을 언급하면서 그들 개개의 역량이 홀로 천하를 도모할 만하다고 하셨지 않은가. 종사 급 인물이라면 단신으로 천하를 석권할 만하다는 말과 함께 말일세. 그렇게 말씀하셨던 분들이 정작 봉황천에서 나왔다고 제 입으로 말하는 자가 있음에도 움직이지 않는다는 건 조금 이상하구만."

제갈유는 차분한 어조로 백운천의 말을 받았다.

"삼패세는 정족지세를 이루며 천하를 삼분한 후 쉬지 않고 힘을 키웠습니다. 본 련을 비롯한 삼패세의 힘이 수백 년래 짝을 찾기 힘든 수준이라는 건 누구도 부정하지 못하는 진실이지요. 곡의 어르신들은 그런 저희들의 힘을 믿고 계시는 거라고 생각합니다."

백운천은 눈을 반개하며 고개를 끄덕였다.

제갈유의 말이 옳다고 생각되었기 때문이다.

구주삼패세는 세인들로부터 무림사를 통틀어 비교할 만한 세력을 찾기 힘들다는 평가를 받을 만큼 막강한 힘을 갖고 있었다.

어떤 세력도 삼패세 중 한 세력의 본진과 부딪쳐서는 승산이 없다고 보는 게 정상이었다.

설령 전설의 봉황천 십방무맥일지라도.

백운천도 장극산도 제갈유도 그렇게 생각하고 있었다.

그들의 판단과 자신감은 오만함과는 달랐다. 객관적인 삼패세의 전력이 그러했으니까.

그런데 지금 나타난 자는 세력도 없는 단신이었다.

일인과 삼패세의 싸움.

결과는 뻔했다.

누가 보아도 삼패세의 승리였다.

그러나 백운천의 삼엄한 기색은 조금도 누그러지지 않았다.

그가 장극산에게 물었다.

"소림에서 그의 손에 쓰러진 고수의 수가 팔백이 넘는다고 했지?"

"비각과 천밀원의 보고에 의하면 그렇습니다."

"그들 중에 쌍신승도 포함되어 있고?"

"예."

"허……. 일어난 일이니 믿어야 하건만 믿기지가 않아. 이런 황당무계한 일이 실제로 벌어질 줄이야. 가히 일인군단이라 할 만한 자가 아닌가. 그자가 단신으로 빙궁과 청랑파를 무너뜨렸다는 것도 사실이라는 말인데……."

고개를 휘휘 젓던 백운천은 말을 이었다.

"그렇다면 본 련에 소속된 어떤 문파도 독자적으로 그자를 상대해서는 이길 수가 없다는 말이로구만."

장극산은 대답을 하지 못했다.

백운천의 평가는 냉정한 사실이었다.

그래서 그도 내심으로는 백운천의 의견에 전적으로 동의했다.

그러나 그것을 입 밖으로 내뱉어 인정하기엔 황당할 뿐만 아니라 자존심을 구기는 것이었다.

총련 소속 문파 개개의 힘으로는 상대할 수 없는 일인이라니…….

문파가 그러한데 개인이야 말할 것도 없었다.

고검엽의 손에 죽은 소림신승 천공 선사의 무공은 백운천과 비교해도 크게 떨어지지 않았다.

그것은 백운천도 단신으로는 고검엽을 상대로 승리를 취할 수 없다는 말과 같았다.

어떻게 그런 말을 입 밖으로 낼 수 있을 것인가.

집무실에 침묵이 흘렀다.

잠시 후 백운천의 시선이 제갈유를 향했다.

"황조의 반응은 어떤가?"

제갈유는 탄식과 함께 대답했다.

"그들은 개입하지 않으려 합니다. 그자의 행보가 무림에 국한되어 있다는 것이 표면적인 이유이긴 합니다만 실상은 그가 두렵기 때문이지요. 그는 혼자 움직이는 자이고, 황보가와 소림이 막지 못한 자입니다. 그자가 군을 피하지 않는다면 해볼 만한 싸움이 되겠지만 피하려 한다면 보통의 군사들로서는 잡을 방법이 없습니다. 그리고 만약 그자가 단독으로 황궁으로 난입한다면, 황궁을 경비하는 군사들로서는 그자를 막지 못합니다. 그자가 일반 백성을 도륙하지 않는 한 황조는 개입하지 않을 것입니다."

백운천은 보일 듯 말 듯 고개를 저었다.

당금의 황조는 문을 숭상하고 무를 천시했다.

중원을 제패한 황조들 가운데 가장 문약하다는 평가를 받는 황조가 당금의 송황조였다.

제갈유의 말처럼 고검엽이 일반 백성에게 해를 끼치지 않는다면 황조는 개입하려 하지 않을 터였다.

황조의 인물들은 중원무림의 정기가 훼손되는 것이 멀리 볼 때 황조의 힘을 약화시키는 거라는 것을 인정하려 들지 않았다.

그들은 무림의 문파들은 백성들 가운데 통제가 되지 않는 기가 세고 불온한 세력이라고 여기고 있었다.

무림의 인사들은 그런 황조의 시각을 한심스럽게 여겼지만 황조의 숭문사상은 초대 황제인 조광윤으로부터 유래된 것이라 현재에 이르러서는 답이 없는 상황이었다.

백운천은 화제를 바꾸었다.

"정심당과 청심당의 대표들은 아직도 태도에 변함이 없는가?"

총련은 두 개의 세력으로 나뉘어져 있다.

칠대세가가 모인 정심당과 육파일방이 모인 청심당이 그들이다.

제갈유의 입가에 가는 미소가 떠올랐다.

"그렇지는 않습니다. 그들은 황보세가가 봉문했을 때와는 천양지차의 태도를 보이고 있습니다. 아무래도 이번에 당한 문파가 소림사니까요."

"그렇겠지. 소림과 황보가를 어찌 비교할 수 있을까."

백운천의 중얼거림에는 깊은 울림이 담겨 있었다.

"군사."

"예, 련주님."

"그자는 왜 중원으로 온 것일까? 황보가에서 말한 대로 새로운 무림을 만들기 위해서일까?"

제갈유는 심원한 눈빛으로 백운천을 바라보았다. 그리고 생각을 정리한 후 말문을 열었다.

"그에 대한 대답을 드리기 전에 먼저 그자에 대해 비각주가 전서를 통해 저에게 해준 얘기를 말씀드리고 싶습니다."

"종 각주가? 그가 무슨 얘기를 했는가?"

"종 각주는 천마 고검엽이 십수 년 전 순양에 나타나 초평익의 손자인 초인겸과 군림성 무사들을 패사시켰던 그자와 동일인일 가능성이 크다고 했습니다."

백운천과 장극산의 눈이 매서운 빛을 발했다.

세월이 흘렀지만 그 일을 잊은 사람은 없었다.

그로 인해 초평익이 여산의 총련 총타까지 와서 초인겸의 시신을 가지고 갔지 않았던가.

백운천이 화광과도 같은 눈빛을 흘리며 물었다.

"종 각주가 그리 말했다고?"

"그렇습니다. 귀에 익은 이름이어서 나름대로 조사를 해본 모양입니다. 그는 확신을 갖고 있었습니다."

가슴까지 드리워진 탐스러운 수염을 한 번 쓰다듬은 제갈유가 말을 이었다.

"련주님, 기억하십니까? 그때 순양의 평원을 조사했던 종 각주와 백우자 장로는 그곳에 봉황천의 인물이 펼친 것으로 추정되는 무공의 흔적이 남아 있다고 했었지요. 그 보고를 받고 저와 부련주가 함께 가서 그곳을 조사했고 말입니다."

"기억하네."

"그 당시에는 초인겸을 죽인 자가 고검엽이라는 것을 알지 못했지만 이후 이어진 무맹과 군림성의 싸움 속에서 종 각주가 그의 이름을 밝혀냈었지요. 그 이름이 고검엽이었습니다. 저 또한 종 각주와 마찬가지로 당시의 그자와 지금 강북을 소란스럽게 만든 자가 동일인일 거라고 생각합니다. 이름도 같지만 무엇보다도 봉황천의 흔적이 모두 그와 이어져 있지 않습니까."

백운천의 타는 듯 빛나던 눈빛이 한순간 가라앉았다.

별 상관없는 듯한 예전 일을 제갈유가 끄집어내는 것에 대해 그는 아무런 의문이 없었다.

함께한 세월이 갑자에 가까운 그들이었다.

그들을 잇고 있는 신뢰의 끈은 간장이나 막사와 같은 보검으로도 끊어낼 수 없을 만큼 탄탄했다.

그가 말했다.

"군사의 말을 들으니까 모두 기억나는구만. 그때 고검엽이라는 자가 척천산장 소속이라고 했었지. 그리고 종 각주가 군림성과의 싸움이 끝난 후 그와 산장주 소진악의 일점혈육이 갑작스럽게 실종되었다는 보고를 했던 것으로 기억하네만."

"정확합니다. 고검엽과 소진악의 딸 소운려는 군림성과의 싸움이 끝나고 얼마 후 실종되었습니다. 당시 종 각주는 그들의 실종에 의문을 품고 상당한 심력을 기울여 그 사안을 조사했었습니다."

"그랬었나?"

"이미 실종된 후였고, 련주님께 보고드릴 만한 사안도 아니었습니다. 그때의 고검엽과 소운려는 크게 주목할 만한 존재들이 아니었으니까요."

"그래, 종 각주가 뭘 발견했는가?"

"그들의 실종에 대한 보안이 워낙 철저해서 종 각주도 확실한 무언가를 발견하지는 못했습니다. 그는 사 개월 후 그들에 대한 조사를 마무리했습니다. 조사를 중지한 종 각주와 대화를 나눌 때 그는 제게 지나가는 말로 그 일이 무맹주 단목천의 지휘 아래 이루어진 것 같다고 했었습니다. 증거가 없어 결론을 내릴 수는 없었지만 그런 생각을 떨칠 수 없다라고 제게 말했던 것으로 기억합니다."

제갈유의 음성에 힘이 실렸다.

"그의 생각은 일리가 있었습니다. 두 사람의 실종 이후 무맹 내에서 척천산장의 입지는 급격하게 축소되었습니다. 아시다시피 산장의 입지가 축소되는 과정은 대단히 빠르고 급격했습니다. 작금에 이르러서는 몰락이나 다름없는 지경에 처한 것이 척천산장의 상황이니까요. 단목천이 의도적으로 산장을 배

척한 것이 이런 결과로 이어졌다는 게 세간의 평이기도 하고요. 물론 표면적으로 알려진 이유는 소진악이 단목천과의 권력 투쟁에서 패해서라는 것이긴 합니다만."

백운천과 장극산이 놀라 눈을 크게 떴다.

백운천이 물었다.

"권력 투쟁이 아니라면 단목천이 왜 그런 짓을 한단 말인가? 척천산장이 약화되는 건 무맹의 힘이 약화되는 것과 다를 바 없는 일인데?"

"그건 저도 모릅니다. 하지만 혹 단목천은 고검엽이 봉황천과 관련된 인물이라는 것을 알고 그를 전격적으로 제거한 것이 아닐까 하는 생각이 듭니다. 소운려는 그 와중에 휩쓸린 것이고 말입니다."

가능성이 있는 추측이었다.

봉황천 십방무맥 소속의 무인은 삼패세 공동의 적이나 다름없었으니까.

삼패세가 만들어진 과정과 이유는 세인들이 생각하는 것과는 하늘과 땅만큼의 차이가 있었다. 그리고 그 진정한 과정과 이유를 아는 자는 천하를 통틀어도 열을 넘지 않았다.

당장 총련 내에서조차 그 모든 것을 아는 사람들은 이 자리에 있는 셋에 불과할 정도였으니까.

"소진악은 모진 놈 옆에 있다가 벼락을 맞은 격이구만."

"아마도 그는 고검엽의 정체를 알지 못했을 것입니다. 알고 있었다면 단목천은 아마도 척천산장을 무림에서 지워 버렸겠지요."
 세 사람은 부지중 고개를 끄덕였다.
 모두가 제갈유의 의견에 동의하였기에 나온 움직임이었다.
 그때까지 조용히 있던 장극산이 제갈유에게 물었다.
 "군사, 그렇다면 고검엽의 최종 목표는 대륙무맹이 되는 것이오?"
 "제 추측이 맞다면 그럴 것입니다."
 "그렇다면 이상하지 않소? 그자는 왜 무맹으로 가지 않고 강북에서 소란을 피우고 있는 것이오?"
 제갈유의 얼굴에 쓴웃음이 떠올랐다.
 "저도 아직 그자의 속내를 알지는 못합니다. 그자의 말대로 삼패세를 무너뜨려 삼패세 이전 군웅이 할거하던 무림으로 되돌리려는 것이 진짜 목적인지도 모르지요."
 "미친놈……."
 백운천의 입술 사이로 살기 어린 말이 흘러나왔다.
 "그 혼란스럽던 시절이 무엇이 좋다고 다시 그 시절로 돌아간단 말인가!"
 제갈유는 씁쓸한 얼굴로 말했다.
 "십이 년 전 고검엽이 순양에서 사고를 칠 때 그의 나이는 열아홉이었습니다. 지금이라고 해야 고작 서른하나, 젊디젊은 나이지요. 그 나이에 세상이 어떻게 돌아가는지 제대로 알 리 없지 않겠습니까."
 그의 말을 장극산이 받았다.

"군사의 말처럼 그런 목적일 수도 있지만 다른 이유가 있을 수도 있습니다."

백운천이 물었다.

"그게 무언가?"

"봉황천의 인물들이 중원에 발을 디딘 경우는 수백 년에 한 번 있을까 말까 하지만 그때마다 중원은 초토화되다시피 했었습니다. 그들에겐 외유에 불과한 일이 중원에는 재앙이었죠. 이번도 그와 같은 경우일지도 모릅니다."

"봉황비무를 통과한 외유일 거라는 건가?"

"그렇습니다."

백운천은 눈살을 찌푸렸다.

그가 말했다.

"어떤 경우든 우리 입장에서는 달갑지 않은 놈이라는 건 분명하네. 그자는 제거되어야만 해. 동이가 본류인 봉황천이 중원무림을 업신여기는 것은 결코 용납할 수 없네. 과거의 중원무림과 지금의 중원무림이 얼마나 달라졌는지 그자의 뼛속에 새겨 넣어야 하네."

"물론입니다."

제갈유와 장극산의 대답은 동시에 나왔다.

백운천이 제갈유를 보았다.

"군사."

"예."

"정심당과 청심당의 수뇌들에게 정무각 소집을 통보하게.

총련대회의를 열겠네."

제갈유와 장극산의 목젖이 절로 꿈틀거렸다.

총련대회의는 총련을 떠받치는 열네 문파와 세가의 대표자들이 모두 참석해야 하는 회의로, 총련이 존망의 기로에 설 정도의 대적이 나타나지 않으면 열리지 않는 것이었다.

그래서 총련대회의는 삼패세의 쟁패가 종식된 이후 단 한 번도 열리지 않았다.

백운천은 그런 대회의의 소집을 명한 것이다.

제갈유가 두 손을 맞잡고 허리를 숙였다.

"명을 받들겠습니다."

"부련주."

"예."

"그대는 군사를 도우며 창룡신화종에 대해 구할 수 있는 모든 정보를 모아보게. 창천곡의 어르신들은 창룡신화종이 새외에 몸을 묻기 전 암흑마종이라 불렸다고 하셨네. 그들이 달리 암흑마종이라 불린 이유가 있을 게야. 그들이 지닌 능력을 최대한 알아보도록 하게. 창천곡의 어르신들에게 여쭈어서라도 말일세."

"최선을 다하겠습니다."

대화는 끝났다.

홀로 남은 백운천의 눈빛은 철판이라도 꿰뚫을 듯 강렬한 신광을 발하고 있었다.

'고검엽……. 네가 봉황천의 후예이고, 그 무공이 신화경에 도달했다 하더라도 너는 요동으로 돌아갈 수 없을 것이다. 당세의 중원무림이 얼마나 강한지 네 뼛속 깊이 아로새겨 주도록 하지. 죽어서라도 절대로 잊을 수 없도록 말이다!'

생각에 잠겼던 그의 입술이 벌어졌다.

"태화."

집무실의 천장 한 구석이 흐느적거리며 사람 하나를 토해냈다.

그는 깃털처럼 가볍게 바닥에 내려섰다. 그리고 오체복지하며 백운천의 다음 말을 기다렸다.

머리에 쓴 복면부터 발끝까지 회색빛 일색인 인영.

회의인의 키는 훤칠했다. 하지만 체형이 가늘어 남녀 구분이 모호했다.

백운천이 말했다.

"담우룡은 어디 있느냐?"

"이곳에서 이백여 리 떨어진 도영현에 있습니다."

회의인의 음성은 묘했다.

남녀 구분도 할 수 없었고, 감정도 읽을 수 없었다.

"담우룡과 함께 창천곡으로 가라. 가서 소곡주의 지원이 필요하다고 전해라. 어르신들은 움직일 생각이 없는 듯하지만 소곡주는 생각이 다를 수 있다. 아니, 그러면 분명 다르게 이 상황을 볼 것이다. 그는 젊으니까."

"존명."

"어떤 방법을 써도 좋다. 일단 담우룡부터 설득하도록. 그는 소곡주의 심복, 그가 설득되면 소곡주가 결심을 하는 데 크게 도움이 될 것이다. 본 련의 힘만으로 고검엽과 부딪친다면 우리가 받을 타격이 만만치 않다. 그리되면 삼패세가 유지하던 힘의 균형이 무너진다. 어르신들은 그런 것에 크게 개의치 않을 테지만 소곡주는… 균형이 무너지는 것을 원치 않을 것이다."

"신명을 다해 련주님의 명을 이루겠습니다."

"믿으마."

회의인의 신형이 사라졌다.

백운천은 태사의에 몸을 묻었다.

'소곡주가 담우룡을 보내 나와 직접 연결되는 연락망을 만든 것은 이런 사태를 대비한 것일 가능성이 크다. 소곡주가 담우룡을 보낸 건 황보세가가 무너진 직후… 소곡주는 벌써 고검엽이 봉황천의 인물이라는 사실을 알고 있었던 건가? 흠, 내가 모르는 무언가가 있는 듯한데…….'

그는 숨을 들이마셨다.

그는 갑자에 가까운 세월 동안 백도제일인이라 불렸고, 지난 이십여 년 동안은 정무총련이라는 거대한 조직을 운영해 온 사람이었다.

백운천의 체구와 생김새를 본 사람들은 그가 머리 쓰는 것과는 거리가 멀 거라고 생각한다.

머리를 써야 하는 대부분의 일들은 백운천이 아닌 군사 제갈유가 처리한다는 게 세간의 평이었다. 하지만 그것은 사람들의 커다란 착각이었다.

'공식적으로 창천곡과 총련을 연결하는 역할을 맡고 있는 건 장극산이지만 그는 어르신들을 추종하는 사람. 아직은 어르신들의 비전을 완벽하게 잇지 못한 소곡주의 의사에 전적으로 복종하지 않고 있다.'

백운천의 눈빛이 타오르는 횃불처럼 강해졌다.

'소곡주는 움직여 줄 것이다. 그리고 그가 움직이면 총련의 피해를 최소화하며 고검엽을 제거할 수 있으리라.'

그는 눈을 감았다.

'내부의 혼란을 종식시키는 데는 강대한 외적의 존재만큼 효과적인 것이 없다. 고검엽의 마명은 더 높아져야 한다. 그리고 그가 소문만큼의 능력자이기를 바란다. 총련은 그에게 타격을 입어야 해. 그래야 분열이 종식되고 총련을 중심으로 한 무림의 질서가 공고해진다. 삼패세의 균형이 무너질 정도가 아닌 한 어느 정도의 피해는 충분히 감수할 수 있다. 대를 위한 소의 희생… 어느 시대에나 있었던 일이 아닌가.'

천천히 올라가는 눈꺼풀 밑으로 새파랗게 이글거리는 눈빛이 나타났다.

'고검엽. 네가 봉황천에서 나온 절대초강자라 해도 총련은 충분히 너를 죽일 수 있는 힘을 갖고 있다. 그러나 너는 쉽게 죽어서는 안 돼. 너는 그동안 총련이 구중천상회의 그림자에서 벗어날 수 있는 기회가 되어주어야 한다. 소곡주가 나서면 구중천상회가 지닌 힘의 실체를 어느 정도는 엿볼 수 있게 된다. 그럼 대응할 방법을 찾을 수가 있어. 사십여 년 전 회의 노물들에게 장기판의 졸이 되어 끌려 다녀야 했던 지난날의 나와 지금의 나는 다르다.'

그의 눈빛이 음산하다는 말이 어울릴 정도로 진득해졌다.

'고검엽, 너는 나와 본 장이 구중천상회의 그늘을 치우고 총련 내에서 권력을 더 강화시킬 수 있는 계기가 되어준 후 죽어야 한다. 그때까지는 네가 무슨 짓을 하든 봐주도록 하마. 어디 마음껏 네놈이 하고 싶은 대로 놀아봐라.'

백운천의 입가에 미소가 떠올랐다.

그러나 그 미소는 보는 이를 기분 좋게 만드는 것이 아니라 섬뜩하게 만드는 그런 미소였다.

     *   *   *

등봉현 미륵객잔.
술시 중엽(오후 8시경).

개방 방주 양면신개 도종렬의 안색은 참담하다는 말로도 설명이 부족할 정도로 엉망이었다.

그는 체면도 잊고 별채의 마당에 철퍼덕 주저앉아 있었다.

넋이 달아난 그의 시선은 떠나는 사람들의 등에 꽂힌 채였다.

순백의 빙천혈의를 입은 훤칠한 검엽이 앞장서 말을 몰았다.

그 뒤를 따르는 사람은 쌍마존이었고, 그 옆에 사란과 진애명이, 그리고 사란의 뒤에는 오치르와 남옥령이 자리했다.

일행은 모두 말을 탔다.

신현에서 곽호가 구해왔던 그 말이었다.

몽완이 탄식하며 도종렬을 부축해 일으켰다.

"사형, 정신 차리쇼."

"소림이… 소림이……."

비틀거리며 일어서는 도종렬은 믿을 수 없다는 듯 같은 말만 반복했다.

몽완이 씁쓸한 얼굴로 말했다.

"내가 말했잖수, 그는 일반적인 범주에 넣어서 생각해서는 안 되는 인물이라고."

도종렬은 일어선 뒤에도 손만 떼면 쓰러질 것처럼 흐느적거렸다.

뼈가 없는 해파리를 보는 듯했다.

그런 도종렬이 걱정스러운 듯 몽완은 부축하고 있는 손을 떼지 못했다.

"사형, 어쩌실 거요?"

"뭘?"

도종렬은 풀린 눈으로 되물었다.

"소림이 봉문했수. 검엽은 자신의 말을 실행에 옮길 의지와 능력이 있다는 것을 소림에서 증명한 거잖수. 그가 걸음을 멈추지 않을 거라는 것이 명확해진 이상 백도는 뭉치지 않으면 그의 손아래 풍비박산이 날 거요."

도종렬은 탄식도 하지 못하고 암담한 얼굴이 되어 고개를 떨어뜨렸다.

그가 말했다.

"준비… 시켜야지. 힘을 모아 최선을 다하지 않는다면 총련은 그에게 각개격파될 테니까. 내 팔자도 기구하다. 말년에 이게 무슨 꼴이냐. 대마존의 일대기를 써야 될 팔자라니."

몽완은 쓴 약을 한 움큼 삼킨 표정으로 도종렬을 보았다.

검엽이 돌아온 것은 이각 전이었다.

그는 소림에서 있었던 일에 대해서는 일언반구의 말도 없이 일행에게 떠날 것을 지시했고, 지금 떠나고 있었다.

그 이각 동안 도종렬은 개방의 제자로부터 소림에 일어난 대참사를 전해 들었다.

그리고 이런 모습이 된 것이다.

충격을 받긴 몽완도 매한가지였다. 하지만 몽완은 어느 정도 마음의 준비가 되어 있었기에 그 충격을 받아넘길 수 있었다. 그러나 몽완과는 달리 도종렬은 충격을 이겨내지 못하고 그대로 주저앉아 버렸다.

검엽과 동행하면서도 도종렬은 그의 능력과 그에 대한 소문을 반신반의했다.

산동객잔에서 검엽에게 눈으로 봐야 믿겠다고 했었을 정도였으니 당연한 일이었다.

불신이 마음의 절반을 차지하고 있었던 만큼 소림의 참사와 봉문은 그에게 더 큰 충격이 되었다.

 불가능한, 결코 일어날 수 없으리라 생각했던 일이 현실이 되어버린 것이다.

 그사이 검엽 일행은 별채의 마당을 벗어났다.

 검엽의 쭉 펴진, 그래서 더 오연해 보이는 등에 꽂힌 도종렬의 눈이 정신없이 떨렸다.

 '봉황천 십방무맥……. 사람이 만든 문파의 힘이 어찌 그럴 수 있단 말인가? 그곳은 악마들이 만든 문파란 말인가.'

 소림사의 살아남은 사람들을 제외하고 검엽이 어디에서 왔는지 가장 먼저 알게 된 강호 요인이 그였다.

 '선조들께서 남긴 기록에서 보았을 때는 그냥 전설이려니 했었는데… 실재하는 자들이었다니… 그것도 기록보다 몇 배는 더 가공할 힘을 갖고. 그러나 총련의 힘이 모인다면 절대막강이라 할 수 있다. 고검엽, 그대가 아무리 강하다 해도 혼자서 총련을 상대로 이길 수는 없다. 뼈와 살로 이루어진 사람인 이상 홀로 수만을 상대해서 이기는 건 불가능하다. 소림사를 이긴 것이 실력이라 해도 총련을 상대할 수 있다고는 믿을 수 없다. 청랑파를 무너뜨릴 때는 막북의 야인들이 그대를 도와서 가능했던 것일 뿐, 그대를 돕는 방수가 없다면 총련에 의해 쓰러질 수밖에 없다.'

 도종렬은 무릎에 힘을 주었다.

 흐느적거리던 몸에 힘이 돌아왔다.

그는 몽완을 보며 말했다.

"사제, 총련에 소림의 일을 전하도록 하자. 고 공자에 대해서도 함께. 그가 가진 힘과 한계도 명시하는 것이 좋겠지. 제갈 군사라면 반드시 고 공자를 상대할 방책을 마련할 것이다."

몽완은 애증이 복잡하게 엇갈린 눈빛으로 멀어져 가는 검엽의 등을 보았다.

그는 검엽을 자신의 제자보다 더 아꼈다. 하지만 검엽이 스스로 말한 그대로의 행로를 걷도록 내버려 둘 수는 없었다.

삼패세의 천하를 종식시키고 싶은 그의 마음은 절실했다.

검엽이 했던 말이 실현된다면 실마리조차 보이지 않아 포기하고 있던 그의 오랜 바람도 이루어질 터였다.

그러나 방식이 문제였다.

검엽의 일보일보는 절대 흔들릴 것 같지 않던 삼패세의 지배를 뒤흔들고 있었다.

그런 검엽의 행로가 무림의 미래를 그가 바라던 모습으로 바꿀 가능성이 있다는 것에 그도 동의했다.

그러나 그는 변화를 불러일으키는 검엽의 방법에는 공감을 하지 못했다.

평생을 백도에 몸담고 약자의 편에 서서 협을 행하며 살아온 그였다.

정사, 강약을 불문하고 앞을 가로막는 자는 누가 되었든 시산혈해 속에 눕히며 전진하는 검엽의 방식을 어떻게 온전히 받아들일 수 있겠는가.

삼패세가 약자가 아닌 자신들만의 권력을 향유하며 반대 세력을 힘으로 찍어누르는, 패도적인 행태가 그가 삼패세에게 가진 불만의 근원이었다.

그런데 검엽은 삼패세보다 더한 패도, 힘을 힘으로 깨뜨려 버리는 길을 걷고 있었다.

그리고 검엽이 사용하는 힘에는 그가 삶의 최우선 가치로 삼고 있는 정의와 협이라는 의미가 결여되어 있었다.

검엽에겐 소림사나 군림성이나 다를 바 없었다.

무공을 수단으로 권력을 획득한 자들. 그리고 획득한 권력을 높은 무공을 기반으로 유지하는 자들.

검엽에겐 소림사도 그런 자들에 불과했다.

몽완은 그런 검엽의 시각에 동의할 수 없었고, 받아들이지도 못했다.

군림성은 무력으로 이득을 취하지만 소림사는 무력으로 협을 행해왔다.

무공을 사용하는 건 같지만 그들이 추구하는 바는 완전히 다르다.

최근의 소림사가 총련의 창설에 결정적인 기여를 하며 세속에 깊이 관여한 것은 사실이지만 그런 점을 고려한다 해도 소림사와 군림성은 같을 수 없었다.

그래서 몽완은 검엽의 시각에 동의할 수 없었던 것이다.

개방은 고래로 인자무적(仁者無敵), 부약제강(扶弱制强), 의기천추(義氣千秋)를 신봉하는 전통을 고수해 왔다.

그것이 최하층 빈민들인 거지들이 모여 만들어진 무파, 개방이 강호인들로부터 존경받는 이유였다.

그런 기풍 속에서 평생을 산 그인 것이다.

검엽의 방식을 긍정하면 그는 자신의 지난 삶을 부정해야 했다.

심사가 복잡할 수밖에 없었다.

그가 도종렬에게 물었다.

"그의 제안은 어쩔 겁니까?"

"소문 말인가?"

"예."

"내야지, 아주 지독하고 아주 크게."

도종렬은 이를 악물었다.

"천하가 그의 위험성을 알아야만 돼. 그는 너무나 위험한 자야. 조속히 천하가 힘을 모아 그를 제거해야 해."

몽완은 우울한 얼굴로 고개를 끄덕였다.

그를 돌아보며 도종렬이 말을 이었다.

"그의 행적에 대해 가능한 상세하고 정확한 정보를 필요로 하는 자들에게 제공하겠다. 그렇지만 그가 어디에서 왔는지는 비밀에 붙이도록 하자. 봉황천은… 전설로 남아 있는 게 좋아. 아는 자가 거의 없는 전설로 말이야. 그들에 대해 알려진다면 사람들에게 쓸데없는 공포심과 경외심만 심어줄 우려가 있으니까."

"제 생각도 그렇습니다, 사형. 그렇게 하도록 하죠."

두 늙은 사내는 축 처진 어깨가 되어 검엽 일행의 뒤를 쫓아 걷기 시작했다.

그들은 검엽의 중원행이 끝날 때까지 그의 옆에 머물러야 했다.

얼마나 참혹한 장면을 보게 될지 두려웠지만 피할 수 없는 일이었다.

그것이 천하를 위해 지금 그들이 할 수 있는 일의 전부였다.

사방이 어두워지고 있었다.

객잔에 들어야 할 시간에 객잔을 나섰지만 일행 중 불만이 있는 사람은 없었다.

떠남을 결정한 사람이 검엽이었으니까.

식사를 하고 떠난 터라 일행은 모두 노곤한 기분에 젖어 어둠에 녹아든 채 길을 갔다.

고요하게 가라앉은 눈으로 정면을 응시하며 말의 움직임에 몸을 맡기고 있던 검엽이 불쑥 입을 열었다.

"곽호."

"예, 주공."

"낙양에 가본 적이 있나?"

난데없는 질문이다.

내심 고개를 갸우뚱한 곽호는 말 옆구리를 슬쩍 걷어찼다.

그가 탄 말이 검엽이 탄 말과 머리를 나란히 했다.

그가 대답했다.

"물론입니다. 중원에는 제 발이 닿지 않은 땅이 없습니다."
"잘됐군. 낙양으로 가겠다. 안내해라."
"알겠습니다."
등봉현에서 낙양까지의 거리는 삼백여 리밖에 되지 않는다.
곽호가 검엽의 눈치를 살피며 조심스럽게 물었다.
"쉬엄쉬엄 갈까요?"
검엽은 고개를 끄덕였다.
그것으로 되었다.
곽호는 웃으며 말의 걸음을 빠르게 해 선두로 나섰다.
그런 그를 향해 검엽이 말했다.
"다음에도 몰래 따라와서 구경하면 내쫓아 버릴 테니 알아서 해라."
담담한 어투.
곽호는 어깨를 흠칫했다.
어느새 그의 낯빛은 해쓱해져 있었다.
그는 슬그머니 시선을 내리깔며 뒤를 돌아보았다.
검엽의 흑백이 뚜렷한 눈동자와 눈이 마주쳤다.
그는 놀라 고개를 앞으로 홱 돌렸다.
"아셨습니까?"
"그렇게 숨을 헉헉대면서 비명을 질러대는데 내 귀가 먹지 않은 한 어떻게 듣지 못할 수가 있겠나."
말문이 막힌 곽호의 귀밑으로 굵은 땀방울이 흘렀다.
"…비명이 아니라 탄성이었는데요……."

옆에 있던 섭소홍이 곽호를 향해 눈을 치켜떴다.

모양새는 흘기는 것이었는데 원체 미인인 터라 어지간한 사내라면 심장이 내려앉을 정도로 고혹적이었다.

곽호의 얼굴이 붉어졌다.

그의 귀밑만이 아니라 이마에서도 식은땀이 흘렀다.

얼결에 검엽의 뒤를 따라 소림사로 갔었다는 자백을 했다는 걸 깨달은 것이다.

곽호는 시무룩한 얼굴이 되어 고개를 떨어뜨렸다.

"죄송합니다, 주공."

남아 있으라는 그의 말을 곽호가 어겼다.

그러나 검엽은 화가 나지 않았다. 화는커녕 곽호의 단순함에 오히려 실소가 나왔다.

태산에서 기억을 되찾은 후로 곽호는 과거 그가 얻은 악명이 잘못된 것이 아닌가 하는 생각이 들 정도의 모습을 종종 보였다.

섭소홍도 다르지 않았다.

곽호에게 곱게 눈을 흘기는 그녀를 지옥혈후라는 악명을 얻은 희대의 여마두로 볼 사람이 누가 있을까 싶었다.

그러나 쌍마존이 그와 있을 때 보이는 평범함은, 그들이 평범하기 때문이 아니라 검엽이 특별하기 때문이었다. 그러나 당사자인 검엽은 그것을 제대로 자각하지 못하고 있었다.

그의 앞에서 비범할 수 있는 자는 당세에 몇 되지 않았다.

백운천과 백도제일을 다투었던 천공 선사조차 그의 앞에서는 평범보다 조금 나은 무림인에 불과하지 않았던가.

검엽은 애당초 곽호를 징계할 마음도 없었지만 쌍마존이 하는 짓을 보고는 아예 자신이 따라오지 말라고 했던 말 자체를 잊었다.

세월을 건너뛴 사람들이었다.

그리고 바란 것은 아니었지만 자신에 대한 충성심으로 가득한 사람들이기도 했다.

어둠이 짙어지며 장막처럼 천하를 뒤덮은 하늘에 하나둘 별들이 모습을 드러냈다.

다가닥. 다가닥.

무겁지 않은 침묵이 일행의 어깨 위에 내려앉았다.

느린 말발굽 소리만이 적막을 깨뜨릴 뿐이었다.

속을 짐작할 수 없는 눈빛을 정면에 두고 있던 검엽은 고개를 돌려 옆을 보았다.

진애명이 그의 옆에 다가와 있었다.

부딪쳐 오는 진애명의 눈에서 할 말이 있는 듯한 기색을 읽은 검엽이 물었다.

"궁금한 게 있으십니까?"

여은향과 정철림 부부를 제외하고 그가 항상 존대하는 몇 안 되는 사람 중의 한 명이 진애명이었다.

진애명의 입술이 미미하게 달싹였다.

맑고 가는 음성이 검엽의 귓전을 파고들었다.

전음이었다.

[종주님, 주제넘은 말로 들릴 수도 있는 말을 해도 될까요?]

[선자의 말이라면 언제 어디서든 듣겠습니다. 어떤 말도 상관없으니 하셔도 됩니다.]

[감사합니다, 종주님. 가슴에 쌓아두고만 계시면 병이 됩니다…….]

진애명의 목소리에서 깊은 걱정과 우려가 느껴졌다.

그녀의 안색도 그랬다.

검엽은 씁쓸한 얼굴이 되었다.

그는 진애명이 무엇을 염려하고 있는지 어렵지 않게 알 수 있었다.

진애명이 그와 관련되어 걱정할 수 있는 일은 한 가지밖에 없었으니까.

[산장에 이미 사람을 보냈습니다, 선자.]

진애명의 얼굴이 눈에 띄게 밝아졌다.

전음을 보내는 검엽의 입술은 움직이지 않았다.

하지만 그녀는 검엽이 어떻게 전음을 보낼 수 있었는지 같은 건 신경도 쓰지 않았다.

십방무맥의 종사들은 어떤 잣대로도 능력을 잴 수 없는 사람들이었다.

그녀는 검엽이 지옥에서 염왕을 소환한다 해도 눈 하나 깜박하지 않을 터였다.

검엽의 전음이 이어졌다.

[그자들은 가장 늦게 저의 방문을 받을 것입니다.]

그의 음성은 표정처럼 감정이 느껴지지 않았다.

그러나 그것으로 족했다.

검엽의 대답을 들은 진애명은 자신의 걱정이 기우에 불과하다는 것을 느낄 수 있었다.

검엽과 같은 절대초강고수에게 가장 위험한 것은 감정이 어느 한 방향으로 경도되는 것이었다.

감정이 경도되면 심마가 찾아온다. 그리고 심마는 주화입마로 진행될 가능성이 컸다.

한을 속으로 삭이면 방출되지 못한 분노와 살기는 제어하기 힘든 수준까지 저절로 증폭되기 때문이다.

그것은 위험하기 이를 데 없는 것이었고, 빨리 방출하는 것이 좋았다.

진애명은 검엽이 그런 악순환에 빠질까 걱정되었던 것이다.

자신이 걱정하지 않아도 될 만큼 검엽의 정신적 성취가 높다는 것을 알면서도 그녀는 그것을 확인해야 했다.

표현하지 않을 뿐 검엽은 그녀에게 가족과 다름없는 사람이었으니까.

그리고 그녀는 알 수 있었다.

검엽이 그만의 방식으로 운려를 추억하려 한다는 것을.

진애명은 살짝 고개를 숙였다.

[쓸데없는 말을 해서 죄송합니다.]

[별말씀을.]

진애명은 말고삐를 당겨 속도를 늦추었다.

그녀의 말이 뒤로 물러나 사란이 타고 있는 말의 옆으로 갔다.

하염없이 검엽의 뒷모습을 바라보고 있던 사란이 진애명에게 살짝 몸을 기울이며 전음으로 물었다.

[선자님, 무슨 말씀을 나누신 거예요?]

한없이 맑게 빛나는 눈은 뜨거웠다.

[전에 제가 말씀드린 종주님의 친구 분 기억하세요?]

[운려라는 분이요?]

[예.]

[기억하고 말고요. 사숙에게 무척이나 소중한 분이었다고 하셨잖아요. 어떻게 잊을 수 있겠어요.]

[그분이 맞은 최후에 대해서도 제가 말씀드렸었지요?]

[예.]

사란의 안색이 흐려졌다.

[돌아가신 운려 소저와 종주님의 관계는 친구라는 말로 전부 설명할 수 없을 만큼 깊었어요. 저는 아직도 운려 소저를 잃고 장성을 넘던 종주님의 눈빛과 얼굴을 잊을 수 없어요. 그 깊은 슬픔… 분노… 자책감… 마땅히 표현할 말을 찾을 수가 없군요.]

진애명은 가늘게 한숨을 내쉬었다.

단목천에 의해 가슴이 함몰되어 반 폐인이 된 상태에서도 무섭게 이글거리던 검엽의 두 눈이 생생하게 떠올랐다.

[저는 종주님께서 왜 대륙무맹을 먼저 치지 않는지 걱정스러웠어요. 그래서 여쭈어본 것이지요. 왜 남하하지 않고 서진

하시는지 말이에요.]

　검엽에게 직접적으로 물은 건 아니었다.

　그녀는 에둘러 표현했고, 검엽은 대번에 진애명이 한 질문의 속뜻을 짐작해 냈다.

　사란은 눈을 빛내며 진애명의 다음 말을 기다렸다.

　[후우. 종주님께서는······.]

　진애명은 말을 쉽게 잇지 못했다.

　그녀는 수십 년 동안 여은향의 수발을 들 정도로 뛰어난 여인이다.

　검엽의 간단한 대답 속에 담긴 의미를 알아차리는 건 어려운 일이 아니었다.

　그녀가 말했다.

　[종주님께서는 단목천이 공포에 젖은 순간 방문할 생각이신 듯해요. 단목천이 처절한 공포와 두려움에 젖어 미칠 지경이 되었을 즈음이 아마도 종주님이 무맹을 향하는 때가 될 거예요.]

　사란은 눈을 크게 떴다.

　그녀는 강호에 대해 백지와 다름없다.

　은원과 복수, 싸움, 피.

　정가장이라는 튼튼하고 평화로운 울타리 안에서 자란 그녀는 이런 말들과 접점이 없었다.

　그녀가 검엽의 심정을 온전히 이해하는 건 무리여야 했다.

　그런데도 그녀는 검엽의 아픔이 이해되었고, 너무나 가슴이 아팠다.

마치 그의 마음이 그대로 전이되어 오는 듯했다.

사란의 눈시울이 붉어졌다.

진애명은 따스한 눈길로 사란을 돌아보며 그녀의 손을 잡아주었다.

신화곡에 들어가기 전 보았던 사란은 천상의 옥녀처럼 사랑스러웠지만 그래도 아이에 불과했다.

그러나 신화곡을 나와 만난 사란은 이미 짝을 찾을 수 없을 정도로 아름다운 여인으로 성장해 있었다.

세월의 힘이었다.

'착하신 분.'

진애명은 사란의 외적인 아름다움보다 어린아이처럼 순수하고 맑은 심성을 더 아꼈다.

아끼는 만큼 그녀가 상처를 입지 않기를 절실히 바랐다.

그러나 그 바람은 이루어지기 힘든 것이었다.

진애명은 검엽과 이제 그의 뒷모습에 시선이 고정된 사란을 번갈아 보며 탄식했다.

그녀로서는 지켜보는 것 이외에는 아무것도 할 수 없는 남녀였다.

'언제까지라도 옆에 있어드릴게요. 두 분이 행복해지는 날이 오기를 기원하면서요.'

말고삐를 잡은 그녀의 손에 힘이 들어가고 있었다.

第三章

인세가 아닌 듯 아름다운 계곡의 후면.

보고는 끝났고, 담우룡은 입술을 닫았다.

넓게 펼쳐진 정원을 바라보며 사마결은 찻잔을 들어 한 모금을 입에 머금었다.

용정의 싸한 향기가 입안을 가득 채웠다.

그는 찻잔을 탁자 위에 올려놓았다. 그리고 이 장 앞에 부복한 일남일녀를 보았다.

사내는 그의 심복인 담우룡이었고, 키가 훤칠한 회의무복 차림의 여인은 초면이었다.

물기를 머금은 커다란 눈과 오똑한 콧날, 피를 문 듯 붉은 입술, 학처럼 긴 목, 가녀린 듯하지만 풍염한 몸매.

여인은 보기 드문 절세의 미인이었다.

"이름이 태화라고 했던가?"

"그렇습니다, 소곡주님."

살포시 눈을 내리깐 태화의 음성은 태도만큼이나 다소곳하면서도 은근한 열기가 스며 있었다.

사내라면 누구라도 거부하기 어려운 매혹이었다.

사마결은 싱긋 웃었다.

백운천이 태화를 보낸 이유가 마음에 든 것이다.

그는 태화에게서 떨어지지 않으려는 눈을 떼어 담우룡을 보았다.

"우룡, 네 생각은 어떠냐?"

담우룡은 깊숙이 고개를 숙였다.

"백 련주의 의견도 일리가 있습니다."

짧은 대답. 그러나 더 이상의 말이 필요없는 대답이었다.

사마결은 찻잔을 잡으며 말했다.

"우룡, 태화에게 머물 곳을 안내해 주도록."

"예."

담우룡이 태화를 데리고 떠난 후 사마결은 손에 잡았던 찻잔을 그대로 내려놓았다.

의자에 앉은 채로 등을 펴는 그의 얼굴은 서리가 내린 듯 차가웠다.

방금 전과는 완전히 달라진 기색.

그가 입술이 달싹였다.

"모추."

나직한 부름.

"예, 곡주님."

부름에 응한 자가 솟아나듯 사마결에 앞에 현신하며 허리를 숙였다.

허름한 마의를 입은 평범한 외모의 중년인. 사마결이 강호에 나갔을 때 거두어들인 열 명의 빈객 중 한 명인 모추였다.

모추의 기도는 십수 년 전과는 비교도 할 수 없을 만큼 변해 있었다.

물처럼 고요한 눈빛과 정제된 몸놀림.

절세고수에게서나 볼 수 있는 완숙함이 그에게서 엿보였다.

그에게도 세월은 공평하게 흐른 것이다.

"들었나?"

"물론입니다."

모추는 살짝 고개를 숙이며 대답했다.

그의 대답이 갖고 있는 의미는 작지 않았다.

담우룡은 초절정에 달한 고수였다.

그런 그가 모추의 종적을 알아채지 못했다는 건 모추가 담우룡보다 고수라는 뜻이었다.

지난날의 모추는 무공 방면에 있어 갓 절정을 엿본 자에 불과했었다.

사마결의 질문은 계속되었다.

"자네는 어찌 생각하나?"

"백운천의 속내가 복잡하다고 느꼈습니다."

"그래. 생긴 건 곰이지만 껍질을 한 꺼풀 벗기면 여우 저리 가라 할 만큼 머리를 쓰는 게 그자지. 느낀 걸 말해봐."

모추는 혀를 내밀어 입술을 축이고는 입을 열었다.

"백운천은 총련의 힘으로 충분히 검엽을 상대할 자신이 있다고 생각하는 듯합니다. 단지 단독으로 고검엽을 상대했을 때 입을 타격을 우려하는 것이죠. 담우룡의 말처럼… 그렇게 되면 삼패세의 균형은 깨지고, 군림성과 무맹은 강북으로 진출을 시도하게 될 테니까요. 물론 소곡주께서 나서서 정리를 하신다면 그런 일은 벌어지지 않을 것입니다만……."

"말끝이 길군. 그에게 다른 뜻도 있다고 보는가?"

모추는 긴장한 듯 얼굴이 살짝 굳어졌다.

그가 말했다.

"그는 소곡주의 진심과 능력을 떠보고 싶어하는 듯합니다."

사마결의 입가에 스산한 미소가 떠올랐다.

"호오, 왜 그런 생각이 들었지?"

"태화라는 여인을 보낸 것에 다른 의도가 있다고 생각되기 때문입니다. 소곡주께서 힘을 보탠다면 백운천은 어렵지 않게 고검엽을 제거할 수 있습니다. 삼패세의 균형도 크게 무너지지 않을 것이고요. 하지만 소곡주께서 나서시지 않는다면 상황이 그의 역량으로 수습하기 어려운 국면으로 흘러갈 가능성이 큽니다. 그는 소곡주께서 나서길 원합니다. 태화는 그에 대한 보은의 성격이죠. 소곡주께서 태화를 받아들일지 그렇지 않을지… 그는 지켜보고 있을 것입니다."

"내 지원 여부에 따라 그의 정세 판단이 변할 여지가 있다는 건가?"

모추는 잠시 말을 멈추고 생각을 정리한 후 말을 이었다.

"하좌는 그렇다고 생각합니다. 백운천을 비롯한 천공삼좌에게 천하를 삼분케 하여 지배토록 한 세월이 사십 년이 넘습니다. 삼패세 정립 이후로는 간섭도 없었고요. 그는 본 회의 힘이 과거와 같은지 알고 싶은 듯합니다. 본 회가 지원하지 않는다면 그는 불만을 제기할 명분을 얻을 수 있고, 지원하게 되면 본 회의 힘이 어느 정도인지 객관적으로 알 기회를 얻을 것입니다."

"어느 쪽이든 그다지 바람직하지는 않군."

"그렇습니다."

사마결의 뇌리에 십이 년 전 만났던 단목천의 모습이 생생하게 기억났다.

당시 단목천은 대사형 태장천이 벌인 일에 대해 스승들께 죄를 추궁하겠다고 했었고, 실제로 그렇게 했다.

그의 노력과 단목천의 강한 문제제기가 현재의 그를 있게 했다.

어찌 생각하면 단목천은 그에게 고마운 자일 수 있었다.

그러나 사마결은 그것을 고마워하지 않았다.

삼패세가 쟁패하던 시절, 천공삼좌는 스승들이 보낸 사자 앞에서 숨도 제대로 쉬지 못했었다.

세월이 흐르며 그들의 간이 커진 것이다.

단목천의 얼굴과 백운천의 얼굴이 겹쳐졌다.

모추가 물었다.

"어찌하시렵니까?"

"결단을 내려야겠지. 혼자 있고 싶다."

그가 물러가라는 손짓을 했다.

길게 읍을 한 모추의 신형이 흐릿해지며 사라졌다.

사마결은 팔짱을 꼈다.

'백운천은 본 곡으로부터의 독립을 생각하고 있을 가능성이 있다. 그런 마음을 품을 정도로 삼패세의 힘이 충분히 축적되었다고 생각하는 것이지. 백운천이 그러한데 단목천과 혁세기인들 다를까.'

그는 자신의 판단이 옳다고 확신했다.

최근 무림의 정세에 묘한 변화가 일어나고 있는 것이 포착되고 있었기 때문이다.

그런데 그의 눈에 깃든 감정은 분노와 기쁨이었다.

'하극상이라… 바라던 바다. 흐흐흐.'

그의 입가에 스산한 미소가 깔렸다.

'사부님들은 천공삼좌에게 너무 많은 자유와 재량권을 주셨어. 그래서 기어오르고 싶어진 거다. 그들은 삼패세가 본 곡보다 못한 게 없다고 믿게 된 거야. 주인을 문 개가 되고 싶은 거지.'

회(會)는 그의 인생이었고, 삶의 전부였다.

그는 철이 든 이후 언제나 회의 정점에 서는 자가 되기를 꿈꿔왔다. 그리고 그 꿈을 이루기 일보직전에 와 있었다.

'회는 단일세력으로는 고금최강이라고 할 만한 저력을 갖고 있다. 하지만 구성원의 수가 너무 적어. 사부님들께서 천하군림에 관심이 없어 양적으로 세력을 키우지 않으신 때문이다. 하지만 그 때문에 천공삼좌는 간이 배 밖으로 나올 지경이 되었고, 사부님들의 은혜를 잊고 엉뚱한 망상을 하고 있다.'

그의 눈빛이 얼음처럼 차가운 빛을 발했다.

'회는 중원무림의 영원한 번영과 발전을 위해 만들어졌다. 언제 등장할지 모르는 십방무맥을 견제하는 역할을 감당하면서. 그러나 지금까지처럼 중원무림의 경영을 회가 힘을 준 자들에게만 맡겨두는 건 현명하지 못하다. 사부님들은 그로 족하다고 하시지만 나는 그분들의 뜻에 동의하지 못한다. 좀 더 분명하고 직접적인 군림과 지배로 더 나은 방향으로 갈 수 있는 길이 있는데 왜 뒤에 머무는 것으로 만족해야 한단 말인가.'

사마결은 팔짱을 풀고 의자에서 일어났다.

만나야 할 사람이 있었다.

곡은 넓었지만 오가는 사람은 보이지 않았다.

건물과 수목 모두 세심한 손길이 지속적으로 닿았음을 어렵지 않게 알 수 있음에도 사람의 모습이 보이지 않는 것은 괴이했다.

그러나 그것은 겉모습일 뿐이었다.

요소요소에는 호흡과 몸의 온기조차 감출 수 있는 고수들이 그물처럼 배치되어 있었다.

허락받지 않은 자가 돌아다닌다면 두 걸음을 떼기도 전에 시신으로 화할 터였다.

정원을 떠난 사마결이 이각 후 도착한 곳은 한 폭의 수묵화처럼 담백한 느낌을 주는 아담한 전각 앞이었다.

그는 거침없이 문을 열고 안으로 들어섰다.

안은 밖에서 볼 때와는 달리 의외로 넓었다.

단층 건물을 둘러싼 사방은 기화이초가 만발한 정원이었고, 작은 연못과 그 중앙에 다리로 연결되어 있는 정자도 있었다.

정자에는 우아한 화의궁장을 입은 여인이 의자에 앉아 수를 놓고 있었다.

사마결은 다리를 건너 정자로 갔다. 여인의 맞은편 의자에 앉으며 여인을 불렀다.

"사저."

수를 놓던 여인이 고개를 들었다.

그녀는 보는 이의 눈을 의심하게 만들 만큼 아름다웠다.

피부는 잡티 한 점 없이 맑고 매끄러웠으며, 머리카락과 피부 입술의 검고 희고 붉은 빛이 갓 피어난 꽃처럼 선명하고 화려했다.

그녀는 이십대 초반으로도 삼십대 초반으로도 보였다.

청순함과 완숙함이 공존하는 여인이었다.

유화빈은 사마결을 보며 부드럽게 웃으며 물었다.

"뜸하더니 오늘은 웬일이지, 사제?"

사마결의 눈 깊은 곳에 고통이라고 불러야 할 깊은 정감이 어렸다.

모추 등을 만날 때의 그와 동일인이라고 생각되지 않는 눈빛이었다.

"부탁드릴 일이 있어 왔습니다."

"부탁?"

"예."

유화빈은 고개를 갸웃했다.

"사제가 내게 부탁할 일이 무엇이 있을까? 사부님들께서 전권을 위임했지 않아?"

의아함이 가득한 음성.

사마결은 쓴웃음을 머금었다.

유화빈의 의아함이 이해되었기 때문이다.

현재의 그는 무소불위의 절대력을 가진 위치에 있었다.

그가 할 수 없는 일은 황제도 할 수 없었다.

유화빈은 그런 그의 힘을 가장 잘 알고 있는 사람 가운데 한 명.

그녀의 의문은 당연한 것이었다.

그가 말했다.

"본 회가 가장 우려하던 자들이 중원으로 들어온 듯합니다."

유화빈의 안색이 변했다.

말귀를 바로 알아들은 것이다.

"설마… 봉황천 십방무맥?"

"예, 사저."

그때까지도 손에 바늘을 들고 있던 유화빈은 바늘을 탁자 위에 올려놓고 허리를 꼿꼿이 폈다.

그녀의 기세가 달라졌다.

눈빛이 강렬해졌고, 입매는 단호해졌다.

전신에서 흘러나오는 것은 여인의 것이라고는 믿어지지 않는 삼엄한 기세.

꽃처럼 아름답던 모습은 한순간에 사라졌다.

사마결의 앞에 있는 여인은 만인 앞에서도 오만할 자격이 있는 절세의 여고수였다.

사마결은 내심 깊게 탄식했다.

유화빈의 이런 모습을 보는 건 근 십여 년만이었다.

'천하를 얻을 자신이 있는 내가 십여 년이 지나도록 사저의 마음을 얻지 못하고 있으니… 한심하구나.'

하지만 아직은 내색할 수 없는 감정이었다.

유화빈의 눈빛이 똑바로 그의 눈을 마주쳐 오고 있었다.

그녀가 말했다.

"어느 무맥이지?"

"창룡신화종입니다."

"수와 장… 사법의 대종가라는 자들?"

"예. 그들입니다."

"어느 정도의 힘을 갖고 있어?"

"막북청랑파가 궤멸당했고 북해빙궁과 황보세가, 그리고 소림사가 봉문당했습니다."

유화빈의 아름다운 얼굴이 심각해졌다.

"신화종은 봉황천 내에서도 그 소속 인원이 가장 적은 무맥이잖아. 몇 명이 나왔기에 그런 지경이 된 거지? 설마 그들이 전부 나온 거야? 그러기 위해서는 금약이 해제되어야만 할 텐데?"

그녀의 음성은 안색만큼이나 딱딱했다.

십방무맥은 전설이다.

그러나 그녀가 아는 것은 적지 않았다.

회의 선조들이 남긴 기록에는 십방무맥에 몸담고 있는 개인의 무력이 드러난 천하의 제일인보다 낫다고 평가한 부분도 있었다.

그런 자들이 문파 단위로 중원에 들어왔다면 그것은 재앙이었다.

회의 힘으로도 막을 수 있다고 장담할 수 없는 것이다.

사마결은 고개를 저었다.

"아닙니다. 나온 자는 단 한 명입니다."

유화빈은 눈을 크게 떴다.

"뭐라고?"

"신화종에서 나온 자는 단 한 명입니다, 사저."

유화빈은 잠시 말을 하지 못했다.

그녀의 입술이 가늘게 떨렸다.

충격을 받은 것이 역력한 기색이었다.

"한 명이 그런 결과를 냈단 말이냐?"

"그렇습니다."

"상상을 넘어선 절대초강고수가 왔구나."

"예."

대답을 하며 사마결은 감탄했다.

'역시 사저는 다른 사람과 다르다. 나보다도 나은 부분이 있어.'

사마결은 빙궁과 청랑파를 무너뜨린 자가 혼자였다는 보고를 받았을 때 그것을 액면 그대로 믿지 못했었다.

그런데 유화빈은 믿는 것이다.

이야기를 전하는 사람이 그였기 때문이기도 했지만 그보다는 오히려 유화빈의 성격에 기인한 결과였다.

그녀는 그저 외모만 아름다운 여인이 아니었다.

과단성과 상황 판단력, 중단없는 추진력은 스승들조차 감탄했던 여인이 바로 그녀였다.

유화빈이 중얼거리듯 말했다.

"그자의 행로는 북에서 남으로, 그리고 동에서 서로 향하는 듯한데… 그렇다면 정무총련이 목적인 거야?"

"일단 그자의 움직임을 보면 그리 생각하는 것이 합당할겁니다."

유화빈은 살짝 아미를 찌푸렸다.

"과거 등장했던 봉황천의 인물들은 조용히 비무만 하고 떠났었는데 이번에 나온 자는 많이 다르구나. 일을 너무 크게 벌이는 것 같아."

"이유가 있습니다."

유화빈의 눈에서 빛이 났다.

"이유를 알아?"

사마결은 고개를 끄덕였다.

하지만 이유를 말하지는 않았다.

이야기를 하려면 여러 가지를 말해야 했다. 그리고 그중 몇은 오직 그만이 알고 있는 것들이었다.

그는 유화빈이 너무 많이 아는 걸 원하지 않았다.

그의 기색에서 답을 얻을 수 없다는 걸 깨달은 듯 유화빈은 화제를 바꾸었다.

"그자가 총련을 노린다면 백운천이 바쁘겠군."

"그가 지원을 요청해 왔습니다."

"지원?"

유화빈은 생각에 잠긴 눈이 되었다.

그녀가 물었다.

"할 거야?"

"전면에 나서지 않는 선에서 도움을 줄 생각입니다."

그의 속내를 헤아린 유화빈이 부드럽게 웃었다.

"총련이 상대해서 힘이 빠진 자를 잡으려는 생각이야?"

사마결은 고개를 끄덕였다.

"훗, 그럴 생각입니다."

"어부지리라… 그것도 좋겠지."

"나설 기회가 없을지도 모릅니다. 백운천도 무능한 자는 아니니까요."

"그건 그것대로 좋겠지."

두 사람은 마주 보며 웃었다.

유화빈의 삼엄하던 기색이 많이 풀어졌다.

그녀가 말했다.

"그럼 사제의 부탁은 그들을 내어달라는 것이겠네?"

사마결은 고개를 끄덕였다.

"그렇습니다. 하지만 지금은 아닙니다."

"왜?"

사마결은 싱긋 웃었다.

"제가 밖에서 얻어 가르친 자들도 성취가 그럭저럭 쓸 만합니다. 일단은 그들을 내보낼 생각입니다. 제가 사저를 찾아온 건 만약 그들이 실패한다면 그때 사저의 수하들을 쓰게 해주셨으면 하는 부탁을 드리러 온 것입니다."

"사제가 실패를 입에 올리는 건 처음 들어보네. 아무튼 그런 부탁이라면 얼마든지 들어줄게."

마주 웃으며 고개를 끄덕인 유화빈이 자리에서 일어섰다.

그녀는 결정된 일을 뒤로 미루는 법이 없었다.

사마결도 함께 일어났다.

두 사람은 어깨를 나란히 하고 연못 위를 가로지른 다리를 건넜다.

연못의 수면 위를 스친 바람이 그들의 옷자락을 흔들며 지나갔다.

    *   *   *

호북성 중부 의성(宜城).
야산 지대.

숲의 오솔길을 죽어라 내달리는 위무양의 얼굴은 일그러질 대로 일그러져 있었다.

머리부터 발끝까지 먼지가 뿌옇게 덮여서 얼굴 윤곽도 구별하기 어려운 행색이었다.

그가 달리는 속도는 바람조차 쫓아오기 버거울 만큼 빨랐다.

그런데도 그의 전신에 먼지가 반 치 두께는 됨직하게 쌓였다는 건 그가 쉬지 않고 달려왔다는 뜻이었다.

얼굴은 누렇게 뜨고 눈가는 거무죽죽했다. 입에서는 거품이 흘러나와도 하등 이상할 게 없는 낯빛이었다.

미친 듯이 치달리던 위무양이 더 이상 견딜 수 없다는 듯 소리를 냅다 질렀다.

"이 선배님! 사람을 잡을 겁니까! 좀 쉬었다 가자고요! 그 고씨 친구가 그새 도망이라도 간답니까!"

독문의 섬전유운신법으로 멀찍이 앞서 달려가던 이천룽은 못마땅한 얼굴로 위무양을 돌아보며 걸음을 멈췄다.

그가 걸음을 멈추자 그와 함께 몸을 날리던 세 명의 노인도 걸음을 멈추었다.

도관을 쓰고 있던 통통한 염소수염의 노인은 이천룽과 함께 팔절에 속해 있는 암절 천수자 장현이었고, 말상의 비녀노인은 생김새와 다르게 권으로 일가를 이룬 개산권 노굉, 그리고 음침한 안색의 흑포노인은 검엽에게 귀조를 불러낼 능력을 전수한 풍도유자 구앙문이었다.

검엽의 어린 시절 그를 가르쳤던 다섯 노인 중 기관진학의 대가인 진수재 남일공을 제외한 네 노인.

그들은 척천산장의 와호당에 있어야 할 사람들이었는데, 산장과 수천 리 떨어진 호북성 중심부를 달리고 있었다.

네 노인과 위무양의 거리라고 해야 십여 장에 불과했던 터라 그들이 신형을 세운 순간 위무양이 그들의 앞에 날아 내렸다.

이천룽이 쏘는 듯한 어투로 말했다.

"나이도 젊은 친구가 기력이 그리 달려서야 어디에 쓰겠나!"

위무양은 억울한 얼굴로 하소연했다.

"이 선배님, 선배님이 나이가 많으셔서 그렇지, 저도 다른 곳에 가면 연장자 대접을 받는다고요."

미덥지 않다는 눈으로 위무양을 보고 있던 노굉이 끼어들었다.

"번데기 앞에서 주름 잡고 앉았네."

위무양은 한숨을 푹 내쉬며 가슴을 탕탕 쳤다.

"선배님들은 기력이 넘치셔서 좋겠습니다. 그러니까 허약한 후배 생각 좀 해서 일각이라도 쉬었다가 가자고요. 이틀이나 쉬지 않고 달렸잖습니까. 먹는 것도 달리면서 먹었고요. 선배님들 몸은 무쇠처럼 단단한지 몰라도, 제 몸은 쇠로 만들어지지 않았다고요! 이렇게 달리면 하남성에 도착하기도 전에 탈진해서 앓아누울 판입니다. 선배님들 제발 좀 쉬었다 가자고요."

그의 마지막 말은 애원에 가까웠다.

그는 강호십오숙에 드는 절정의 고수다. 하지만 그의 면전에 있는 네 노인 앞에서 이름 자랑을 하는 건 꿈도 꾸지 못했다.

그들 중 두 명, 이천룡과 장현은 팔절에 속한 절정고수였다. 그리고 노굉과 구양문은 강호활동을 잘 하지 않아 팔절에 들지 않았을 뿐이지 진재실학은 그에 버금가는 고수들인 것이다.

그들과의 나이 차이도 만만치 않았다.

이천룡 등이 강호에서 이름을 날릴 때 위무양은 사부 밑에서 몽둥이로 두드려 맞으며 무공을 수련하던, 솜털이 보송보송한 애송이에 불과했었다.

배분도 한 배분 차이가 났다.

게다가 성질이 만만한 사람은 하나도 없었다.

그래서 얼굴 두껍기로 강호에서 짝을 찾을 수 없다는 그도 은근슬쩍 엉길 생각을 하지도 못하며 여기까지 달려와야 했다.

구양문이 혀를 끌끌 찼다.

"이가야, 젊은것이 저리 통사정을 하니 좀 쉬었다 가자. 가다가 쓰러지기라도 하면 우리가 업고 가야 되잖아."

이천릉도 혀를 찼다.

구양문의 말이 옳았다.

마음이 급해 무리하고 있는 것도 사실이었다.

"그럼 좀 쉬었다가 가지."

다섯 명은 산길 옆에 아무렇게나 자리를 잡고 앉았다.

위무양은 바로 운기조식에 들어갔고, 네 명의 노인 역시 운기조식에 들었다.

그들 중 움직이는 와중에도 운기할 수 있는 수준에 들지 못한 사람은 없었다.

하지만 그렇게 운기하는 것과 자세를 잡고 정식으로 운기하는 것은 효과가 천양지차다.

어차피 오래 걸리지 않을 운기였기에 호위 같은 건 필요없었다.

주변에 인기척이 느껴지지도 않았고.

네 노인 가운데 가장 먼저 눈을 뜬 사람은 이천릉이었고, 그가 눈을 뜬 후 서넛을 헤아릴 시간 사이에 다른 세 노인도 눈을 떴다.

네 노인의 눈빛은 기대와 무거움이 뒤섞여 있었다.

노굉이 이천릉에게 물었다.

"그런데 총련의 이목이 주변에 없는 게 좀 꺼림칙한데. 이가야, 너는 안 그러냐?"

이천릉은 눈살을 찌푸렸다.

"비각 애들도 바쁜가 보지. 그리고 감시하는 눈초리가 없으면 좋지. 뭐가 불만이냐?"

"불만은 아니고. 종자온이 그렇게 만만한 인간이 아니잖아. 그가 우리의 북상을 모를 리 없을 텐데 움직임이 느껴지지 않으니 이상하다는 거지 뭐."

떨떠름한 기색의 노굉이 입맛을 다셨다.

이천릉이 말했다.

"장강 이북에서 아무리 대여섯 명 단위로 나뉘어져 움직이고 있다고 해도 일천 명이 넘는 인원이 이동하는 걸 천하의 종자온이 모른다는 건 말이 안 되지. 그냥 내버려 두고 있는 거라고 생각해."

"왜? 우리가 엽아의 힘이 될 수도 있다는 것 정도는 충분히 짐작하고 있을 텐데?"

노굉의 질문에 대한 답을 찾기 쉽지 않은 듯 이천릉은 잠시 고민스러운 표정을 지었다.

"글쎄······."

그가 머뭇거릴 때 구양문이 대답을 낚아챘다.

"내 생각에는 우리가 엽아와 합류하기를 바라고 있지 않나 싶다."

노굉이 고개를 갸웃했다.

"무슨 소리야?"

대답을 했지만 그다지 자신이 있지는 않은 듯 구양문은 콧잔등을 긁적였다.

그가 말했다.

"생각해 봐. 총련을 구성하고 있는 문파들은 하나같이 자존심 강한 곳들이야. 그런 문파들이 힘을 모아 한 명을 상대해야 하는 이런 상황에 과연 자신들의 전력을 투입할까? 속으로는 힘을 모으고 싶어도 겉으로는 망설일 가능성이 커. 하지만 엽아의 주변에 머릿수가 많으면 힘을 모을 명분이 생기지."

노굉은 멍한 얼굴이 되었다.

"구양 노괴야, 너 언제 그렇게 머리가 좋아졌냐?"

구양문의 얼굴이 와락 일그러졌다.

"노가야, 죽고 싶냐!"

둘이 투덕거릴 때 장현이 혼잣말처럼 중얼거렸다.

"그놈이 그렇게 변했다는 게 믿어져?"

"장가야, 너도 믿기지 않냐? 나도 믿기지가 않는다. 심성도 그렇고, 어디서 익힌 건지 알 수 없는 무공인지 사술인지의 강함도 그렇고. 도통 믿기지 않는 것투성이야."

말을 받은 건 기회다 싶어 재빨리 구양문의 타박에서 벗어난 노굉이었다.

"심정이 다들 비슷한 모양이구만."

이어지는 음성은 말 상대를 잃은 구양문의 것이었다.

이천룽이 가뜩이나 왜소한 어깨를 움츠리며 말했다.

"황보세가와 소림사에서 죽어나간 사람들 수가 삼사천은 된다고 하는데 그게 쉽게 믿어지겠나. 속을 알 수 없는 놈이긴 해도 그리 마음이 독한 놈은 아니었잖은가."

세 노인은 고개를 끄덕였다.

그들이 화제로 삼은 사람이야 당연히 검엽이었다.

어린 시절의 검엽은 성격이 기이하긴 했다.

늘 세상과 일정한 거리를 두었고, 매사에 무관심했다.

그러나 생명을 경시하는 성격은 아니었다.

그가 장난으로라도 벌레 한 마리 죽이는 걸 본 사람도 없었다.

장현이 침울한 음성으로 말했다.

"려아의 죽음이 그 녀석 성격을 바꾸어놓은 모양이야. 려아가 그렇게 가버렸으니… 자네들도 잘 알잖나. 그 녀석과 려아가 어떤 관계였는지."

"알지, 잘 알지."

다들 고개를 주억거렸다.

구양문이 말했다.

"려아는 세상과 그 녀석을 이어주는 유일한 끈이었어. 언제나 먼 곳만 보며 세상 밖으로 숨어버리려는 녀석을 세상에 잡아두던 게 려아였지."

아무도 입을 열지 않았다.

그들은 검엽과 운려 사이에 오가던 감정의 흐름을 어떤 면에서는 당사자인 두 사람보다 더 잘 알고 있었다.

노인들이 존중받는 것은 그들이 가진 삶의 경험과 통찰력 때문이다.

네 노인은 평범하지 않은 삶을 살아온 사람들이었고, 날카로운 통찰력을 가지고 있었다.

그런 통찰력이 검엽과 같은 절대의 천재도 보지 못하는 것을 볼 수 있게 했다.

이천룽이 무거운 기색으로 말했다.

"려아와 알기 전에도 그 녀석은 세상에 대한 집착이 없는 놈이었어. 늘 한 걸음 떨어져서 무심하게 세상 돌아가는 것을 지켜보고 있었지. 그런 녀석을 미약하게나마 세상과 연결해 주던 사람이 려아야. 려아가 죽은 이상 그 녀석에게 이 세상은 아무런 의미도, 가치도 없어. 후우……."

이천룽은 탄식하며 입을 닫았다.

구양문이 고개를 끄덕였다.

"위험해, 그 녀석은 정말 위험해."

노인들은 구양문의 의견에 동의했다.

하지만 선뜻 동의하지 못하는 사람도 있었다.

그는 이천룽이 말하는 도중에 운기에서 깨어난 위무양이었다.

그가 말했다.

"구양 선배님, 뭐가 위험하다는 겁니까?"

구양문이 위무양을 힐긋 보았다.

"엽아가 자네에게 천하의 강세와 강자를 모두 쓰러뜨리겠다는 말을 했다고 했지?"

"예."

위무양은 고개를 아래위로 주억거렸다.

산동에서 몽완과 함께 직접 들은 말이 아니던가.

구양문이 연이어 물었다.

"실감이 나던가?"

위무양은 눈살을 찌푸리며 고개를 저었다.

"아직은… 잘 모르겠습니다."

구양문은 혀를 찼다.

"자네는 모르는 게 당연하겠지. 하지만 우리는 알아. 그 녀석은 공포스러운 절대천재야. 무에서 유를 만들어낼 수 있는 재능을 갖고 있어. 그런 재능을 가진 녀석이 아무런 집착도, 꿈도 없이 세상 속을 걷고 있다네. 마음에 오직 들끓는 분노와 가공할 살기만을 품은 채 말일세."

구양문의 이마에 굵은 주름이 잡혔다.

그는 평생을 귀(鬼)의 연구와 수련에 바쳤다.

검엽이 산장에 머물던 시절 다섯 노인 중 검엽의 마음속에 깃든 마의 기운을 어렴풋이나마 느꼈던 사람은 그밖에 없었다.

"그 녀석은 삼천이 아니라 삼천만이라도 아무런 감흥없이 죽일 수 있는 놈일세. 세상에 몸을 두고 있지만 마음은 이곳에 없는 상태거든. 그 녀석의 마음을 이곳에 묶어두던 려아가 죽었기 때문에 벌어진 일이지. 단목천은 상상도 하지 못할 거야. 자신이 무슨 짓을 했는지, 얼마나 무서운 괴물을 세상 속으로 끌어들였는지."

위무양의 얼굴이 납덩이처럼 굳었다.

오한이 든 사람처럼 그의 몸이 부르르 떨렸다.

그는 산동의 객잔에서 검엽이 한 말을 직접 들었다.

구양문의 말과 검푸르게 빛나던 검엽의 두 눈이 겹치자, 그의 등 뒤로 전율이 흐른 것이다.

그가 물었다.

"소진악 장주도 고 공자에 대해 선배님들처럼 생각하십니까?"

그의 질문에 대한 대답은 이천룽이 했다.

"아닐세. 소 장주는 그 녀석을 잘 몰라. 그러니까 그 녀석을 도우라는 명령을 내릴 수 있었던 것이기도 하고."

"그럴까?"

위무양이 끼어든 사람을 돌아보았다.

노굉이었다.

"난 그렇게 생각하지 않네. 소 장주가 그 녀석을 잘 모르는 건 맞아. 하지만 그가 엽아의 악마적인 재능과 특이한 성격이 가진 위험성을 충분히 알고 있었다 하더라도 그는 검엽을 도

왔을 걸세. 운려가 실종되고 난 후 무맹은 산장을 핍박했지. 그 결과 현재 산장이 지닌 영향력은 지난날에 비해 십분지 일도 되지 않을 만큼 축소되었네."

노굉의 눈빛이 싸늘해졌다.

와호당에 몸을 묻고 산장의 일에 관여하지 않은 그인데도 쌓인 게 많은 것이다.

"자네들도 알다시피 그동안은 증거가 없고 역량이 부족해 참고 있었을 뿐이지, 장주는 려아와 엽아의 실종이 무맹과 관련이 있다는 심증을 굳히고 있지 않았는가. 엽아가 려아의 죽음에 대한 서신을 위노제 편으로 보냈고, 빙궁에서 소림사까지 산장의 힘으로 어찌할 수 없는 거대문파들을 무너뜨리는 능력을 소유하고 있다는 것이 확인되었지. 불가능하게 여겨지던 려아의 복수가 가능성을 갖게 된 걸세. 장주는 지금 려아의 복수 외에는 아무것도 관심이 없네. 산장의 미래조차 말일세. 그가 무림공적화 되어가고 있는 엽아를 공개적으로 지원한다는 건 산장의 멸망까지도 감수하겠다는 각오가 되어 있다고 보는 게 타당하지 않을까 싶구만."

장현이 눈썹을 찌푸리며 길게 한숨을 내쉬었다.

"후우. 어쨌든 말년에 요령 소리 나도록 뛰어다니게 생겼어. 무림공적 편을 들었으니 죽어도 명예를 얻기는 틀렸고."

구양문이 피식 웃었다.

"장가야, 그래서 빠지고 싶냐?"

"구양 노괴야, 이럴 때 본성이 나오는 거야. 허구한 날 귀신

나부랭이나 불러대서 속이 비비 틀린 너나 빠지고 싶겠지!"

구양문이 눈을 부라리며 소매를 걷어붙였다.

"얼래? 한판 붙어보자는 거냐?"

다툼을 듣고 있던 이천룽이 혀를 찼다.

"쯧쯧, 내일 관 속으로 들어갈 인간들이 아주 잘들 하고 있구만. 장주가 키운 일천 명의 무사가 우리만 쳐다보며 북상하고 있다는 걸 기억하라고. 그들과 재회했을 때도 이런 모습들을 보일 건가?"

구양문과 장현이 머쓱한 얼굴로 입을 다물었다.

이천룽이 자리에서 일어나며 말했다.

"예전에 엽아 녀석을 려아가 어떻게 협박했는지 기억들 하잖나."

세 노인이 이구동성으로 소리쳤다.

"밥값!"

이천룽은 진물이 배어 나오는 눈을 가늘게 뜨며 풀썩 웃었다.

"기억들 하고 있구만. 장주한테 밥 얻어먹은 세월이 스무 해가 넘어. 밥값을 피로 내야 하는 판국이 되었다고 해서 나 몰라라 할 수는 없는 일 아닌가. 자, 궁금한 건 속에 쟁여두자고. 그 녀석 만나서 풀면 되니까."

다른 사람들도 자리에서 일어났다.

이제 다시 그 미친 듯한 질주를 해야 한다는 생각에 위무양의 얼굴이 노래졌다.

하지만 그는 이 질주에서 빠지고 싶은 생각이 전혀 없었다.
그는 느끼고 있었다.
자신이 무림사에 유례가 없는 대역사의 한복판에 서 있다는 것을.

第四章

고도(古都) 낙양.

중심가에서 서쪽 외곽으로 치우친 곳에 자리 잡고 있는 양화객잔.

삼백 리 길을 팔 일이나 걸려 낙양에 도착한 검엽 일행은 다른 곳에서와 마찬가지로 이곳 별채 하나를 통째로 빌렸다.

그리고 닷새가 지났다.

검엽은 별채를 벗어나지 않았지만 다른 일행도 그처럼 별채에 머물라고 지시하지 않았다.

덕분에 일행은 모처럼 자유롭게 낙양 성내를 돌아다니며 한가한 시간을 보낼 수 있었다.

별생각이 없었던 일행을 낙양 성내로 끌어낸 사람은 의외의 인물이었다. 언제나 그림자처럼 조용하게 사란의 옆을 지키며 앞으로 나선 적이 없던 진애명이 바로 그 사람이었으니까.

그렇다고 그녀가 일행 전부를 끌어낸 것은 아니었다.

그녀는 단 한 사람, 사란만을 끌어냈다.

사란은 마지못한 기색으로 진애명을 따랐다.

시작은 그렇게 조촐했지만 반응은 연쇄적으로 일어났다.

그녀의 시종이 된 남옥령과 오치르가 생각할 필요도 없다는 듯 사란을 따라나섰고, 검엽으로부터 그녀를 보호하라는 지시를 받은 쌍마존도 움직였기 때문이다.

황하의 지류인 낙하 유역에 자리 잡은 낙양은 동주를 비롯한 후한과 위, 서진 등 여러 나라의 도읍지였던 만큼 볼거리들이 넘쳐 났다.

사란의 내키지 않는 기색은 하루를 나갔다 오자 확 바뀌었다.

최초의 사찰이라는 백마사, 관우를 기리는 관림당, 백거이가 머물렀다는 향산사, 용문산과 용문석굴.

도처가 명소였다.

태어나서 스무 살이 될 때까지 본 것이라고는 정가장 주변의 자연 풍광밖에 없는 사란에게 매일매일이 새로울 수밖에 없었다.

그녀의 두 눈은 호기심으로 가득 찼다.

사란 일행은 날이 뜨면 별채를 나가서 해가 질 무렵이나 되어야 돌아왔다.

그 시간 동안 별채는 검엽의 차지가 되었다.

그런데도 일행은 검엽의 안위를 걱정하거나 그가 외로워하지 않을까 하는 염려는 눈곱만치도 하지 않았다.

가장 감수성이 예민할 나이인 오치르조차도 검엽에 대해 신경 쓰지 않았다.

일행을 유심히 살펴보는 사람이 있었다면 고개를 갸웃했을 것이다. 하지만 일행에게는 당연한 일이었다.

그들에게 검엽은 이미 사람의 범주를 넘어선 존재였기 때문이다.

그를 걱정하는 건 하늘이 무너질까 두려워하는 것보다 더 부질없는 짓이었다.

사시 중엽(아침 10시경).

검엽은 자리에서 일어나 방문을 활짝 열었다.

꽤 넓은 편인 별채는 텅 비었다.

방금 전까지 사란 일행이 북적거리던 것이 거짓말처럼 느껴졌다.

조용해진 별채가 왠지 허전해서 검엽은 피식 웃고 말았다.

'사람 사는 느낌이라…….'

의자에 앉아 텅 빈 정원을 바라본 검엽의 뇌리에 불현듯 떠오른 생각이었다.

그의 얼굴에 소슬한 기색이 떠올랐다 사라졌다.

돌이켜 생각해 보면 그는 태어나서 지금까지 평범한 사람들이 느끼는 감정을 느껴본 적이 거의 없었다.

 평범하게 살아본 적이 없으니 그럴 수밖에 없었다.

 신화곡이 불길 속에 스러지기 전에도 그는 평범하지 않았고, 산장에서도 평범하지 못했다. 산장을 나선 후에도 그랬고, 심마지해에서의 생활은 말할 필요도 없었으며, 심마지해를 나온 후에는 더 평범하지 않았다.

 검엽의 눈빛이 검푸른 바다를 연상케 할 정도로 깊고 어두워졌다.

 평범치 못했던 삶을 돌이켜 보게 되면 반드시 솟아나는 그리움이 있었다.

 '려아……'
 그와 세상을 연결해 주던 유일한 사람.
 그녀는 세상과 그를 연결해 주는 사람에 그치지 않았다.
 그녀는 검엽에게 또 하나의 세상과 같은 존재였다.
 그녀를 잃으며 검엽은 이 세상과의 접점을 잃었고, 이 세상보다 더 소중했던 세상을 잃었다.

 '단목천.'
 검엽의 눈빛이 핏빛으로 물들었다.
 하지만 눈빛만이 변했을 뿐 파멸천강지기의 기세는 흘러나오지 않았다.

 소림을 거치며 천강지기에 대한 그의 제어력은 완숙지경에 근접해 가고 있었다.

 그것은 그의 지존천강력이 칠륜을 넘어 팔륜에 도달할 시간이 머지않았음을 의미했다.

운려를 추억하던 검엽은 고개를 천천히 저었다.

추억은 소중했다.

그래서일까.

검엽은 운려를 생각하는 것을 오히려 자제하고 있었다.

생각하는 시간이 많으면 그녀의 모습이 흐려질까 두렵다는 듯이.

검엽은 자리에서 일어났다.

태양이 중천으로 향하며 밝아져야 할 하늘은 아직도 어둠을 온전히 몰아내지 못하고 있었다.

먹구름 때문이었다.

'한두 시진 뒤면 비가 쏟아지겠군.'

정원으로 나선 검엽은 고개를 들어 하늘을 보며 생각에 잠겼다.

'만겁제왕홀을 얻은 후 기묘한 것들이 눈에 들어온다. 내가 헛것을 보는 게 아니라면 저것은 분명 역천마기의 정화, 절대역천마기다. 미약하긴 해도 분명하다. 하지만 그것은 있을 수 없는 일이거늘… 절대역천마기는 나를 제외하고 심마지해 밖에서 존재할 수 없다.'

하늘은 어두웠다.

보통 사람의 눈에 그것은 몰려드는 먹구름 때문으로 보일 것이다.

그러나 검엽의 눈에 보이는 것은 먹구름만이 아니었다.

낙양성 전역에서 스멀스멀 피어오르는 검은 기운.

그것은 천지간에 존재하는 마의 기운이었으며, 사람의 마음 속에서 증폭되어 역천마기로 전환된 기운이었다.

구름과 구름 사이를 헤집으며 길게 꼬리를 끌며 흐르고 있는 여러 갈래의 검푸른 섬광.

그것은 심마지해에서만 존재해야 하는 기운, 절대역천마기였다.

존재의 유일한 예외라면 검엽 자신이었다.

그리고 그 예외는 그가 지존신마기를 타고 태어났기에 가능한 경우였다.

절대역천마기는 마기의 정화이며, 지존신마기와 동전의 양면처럼 불가분의 관계에 있는 불가해의 기운이다.

신마기가 있기에 역천마기는 절대역천마기로 변화된다. 그리고 신마기의 인력에 이끌려 모여든다.

신마기가 없으면 절대역천마기는 만들어지지 않고, 모이지도 않는다.

그것이 검엽이 알고 있는 신마기와 절대역천마기였다.

그런데 그런 절대역천마기가 그도 아니고 심마지해도 아닌 곳으로 흐르고 있는 것이 그의 눈에 들어오고 있었다.

만겁제왕홀을 얻은 이후 그는 이전에 보지 못했던 것들을 볼 수 있는 능력을 얻었다.

아직 그 능력의 정체를 파악하지도 못했고, 온전히 통제할 수도 없었지만 그 능력은 실재했다.

그가 본 것은 착각이 아닌 것이다.

'흐름이 흐트러지지 않고 있다. 목적지가 있다는 뜻인데… 신마기를 타고난 사람들 중 생존자는 나와 배신자뿐이다. 그러나 저 흐름은 나를 향하지 않고 있다. 더구나 갈래도 여러 개다. 절대역천마기를 끌어당기는 인력이 여러 곳에 존재한다는 뜻. 있을 수 없는 일이다. 신마기를 타고 태어난 자들 중에 나와 배신자 말고도 살아 있는 사람이 더 있다는 말인가?'

검엽의 조각처럼 아름다운 얼굴에 그늘이 졌다.

그와 같은 절대의 능력자도 예측할 수 없는 무언가가 벌어지고 있었다.

그는 당혹감을 느끼고 있었다.

심마지해를 나온 후 처음으로 겪는 일이었다.

검엽의 두 눈은 어두운 하늘을 가로지르고 있는 검푸른 섬광에서 떨어질 줄을 몰랐다.

그의 얼굴은 무표정하지 않았다.

무겁고 심각한 기색이 가득한 얼굴.

'심마지해에서 느꼈던 기이한 불안과 허전함이 저것과 관련이 있을까.'

검엽은 뒷짐을 졌다.

조금씩 강해지고 있는 바람이 장포 자락을 흔들며 지나갔다.

'절대역천마기는 신마기를 타고난 사람이 아니라면 아무리 가공할 능력을 가진 사람이라 해도 결코 제어할 수 없다. 신마

기에 의해 중화되지 않은 절대역천마기를 받아들이게 되면…….'

검엽의 안색이 더 이상 무거워질 수 없을 만큼 무거워졌다.

'절대역천마기는 역천마기의 정화이고, 역천마기는 욕망으로부터 피어나는 마의 불꽃이다. 신마기가 중화시키지 않은 절대역천마기를 받아들인 자는 파괴와 살육만을 탐하는, 인성이 마비된 악마가 된다. 그것은 신마기가 폭주할 때와 같은 모습.'

그의 손에 쓰러진 자들이 그의 속을 읽었다면 황당해했을 것이다.

남 얘기하지 말라고.

하지만 그것은 신마기와 절대역천마기의 폭주에 대한 무지에서 오는 착각일 뿐이었다.

검엽이 파괴자인 것은 맞았다.

그러나 그는 인성이 마비된 사람도 아니었고, 그의 파괴와 혼돈은 새로운 창조를 잉태하고 있었다.

그와 달리 절대역천마기에 잠식당한 경우나 신마기가 폭주하는 경우는 미래가 없었다.

창조를 잉태한 혼돈이 아닌 것이다.

그 두 가지의 경우 이루어지는 것은 오직 전무(全無)와 사멸(死滅)뿐이었다.

'심마지해로 흘러드는 절대역천마기의 정수가 시간이 갈수록 조금씩 약해지는 것이 느껴졌었다. 마물들의 힘도 그에 따라 약해져 갔고. 차이는 미세했지만 변화는 분명했었지. 당시에는 생각을 깊이 할 수 있는 상황도 아니었고, 원인을 찾을 여력도 없어서 마음에 묻고 넘어갔었는데… 절대역천마기가 분산되어 흘러가고 있는 것을 확인한 이상 내버려 둘 수는 없다.'

검엽의 두 눈에 무서운 빛이 이글거렸다.

그의 뇌리에 천무신화전에서 읽었던 선조들의 기록이 스쳐지나갔다.

절대역천마기가 신마기에 의해 제어되지 않고 자유로이 움직이게 된다면 천지의 균형이 깨어지고 말일이 도래하게 된다.

기록에는 공포스러운 글귀가 담겨 있었다.

'절대역천마기는 마공을 익힌 자들이 말하는 마기와는 차원이 다른 기운이다. 이것에 침습을 받은 자는 인간일 수 없다. 마공을 구현하는 힘 따위가 아니라 본성을 마(魔)로 화하게 만드는 것이기 때문에.'

검엽은 천천히 정원을 거닐었다.

머릿속이 복잡해졌다.

'심마지해를 나서면서 내가 세웠던 목표는 세 가지였다. 신화곡을 멸망시킨 자들을 추적하여 멸하는 것, 운려의 복수를 하는 것, 그리고 운려의 꿈을 실현하는 것. 목표는 세 가지지만 흐름은 둘이었지. 나는 지금까지 신화곡의 멸망과 운려의 죽음은 전혀 별개의 일로 생각했었다. 그래서 먼저 운려의 복수를 완성한 후 본 곡의 멸망을 추적하려 했다. 본곡의 멸망에 관련된 것은 다른 무맥일 수밖에 없고, 그들은 드러난 천하의 무력과 싸우는 것과 같은 방식으로 상대할 수 없는 자들이니까.'

검엽의 시선이 다시 하늘을 향했다.

'하지만 절대역천마기가 여러 곳으로 흐르는 것을 내 눈으로 확인한 이상 내가 지금까지 했던 생각들은 중대한 오류를 범하고 있을 가능성을 배제할 수 없게 되었다.'

그는 뒷짐을 풀었다.

그의 손은 주먹을 꽉 쥐고 있었다.

'모든 것이… 관련되어 있을지도 모른다.'

그의 눈빛이 긴장으로 물들었다.

천하에서 절대역천마기에 대해 가장 잘 아는 사람이 그였다.

그의 추측처럼 절대역천마기의 힘을 받은 사람이 존재한다면, 그것도 한 사람이 아니라 여러 사람이 존재한다면 그것은 진실로 긴장할 수밖에 없는 일이었다.

'절대역천마기는 평범한 자질로는 수용이 불가능한 힘이다. 신마기를 타고나지 않고도 그 힘을 수용하려면 그 자질이 나에 버금가야만 한다. 그런 자들이 여럿이라…….'

검엽은 쓴웃음을 머금었다.

'대적(大敵)은 연휘람 한 명뿐이라 생각했었는데 이 생각도

수정해야겠군. 쉽지 않은 싸움이 되겠어.'

생각은 그렇게 하고 있었지만 그는 두렵거나 걱정되는 기색이 아니었다. 조금 긴장하고 있긴 했어도.

'몸 안에 잠재되어 있는 절대역천마기를 파멸천강지기로 환원시킬 수만 있다면⋯ 하지만 그 뒤에 어떤 일이 벌어질지 나 자신도 장담할 수 없는 일. 모든 일이 마무리된 다음이라면 몰라도 지금은 모험을 할 수 없다.'

검엽은 내심 아쉬움에 혀를 찼다.

그가 심마지해에서 얻은 절대역천마기의 양은 상상을 초월할 정도였다. 그러나 검엽은 그렇게 얻은 절대역천마기를 전부 끌어내 사용하지는 못했다. 현재 그가 이룬 지존청강력으로는 완전한 제어를 자신할 수 없는 양이었기 때문이다.

'절대역천마기는 단순한 마기가 아니라 영성을 띠고 있는 기운이다. 신마기에 의해 통제되고 있기에 그 영성이 발휘되지 못하고 있을 뿐. 만약 신마기의 통제를 벗어나게 된다면 절대역천마기의 영성은 살아 움직이게 된다. 마중마(魔中魔)로서⋯ 그 영성을 제어할 수 있는 수준이 되었을 때⋯ 그때 잠재된 힘을 끌어내는 시도를 하자.'

검엽은 미련을 떨쳤다.

지나침은 모자람만 못하다는 것을 그는 잘 알고 있는 것이다.

'본 종은 천지의 균형을 유지하기 위해 만들어졌다. 절대역천마기와 관련된 일은 본 종의 존재 이유이며 본연의 업이다.

더구나 신화곡과 운려의 일이 모두 역천마기와 관련되어 있을 가능성까지 배제할 수 없는 마당이니…….'

그의 입가에 스산한 미소가 떠올랐다.

정원이 진저리를 치며 숨을 죽였다.

'오히려 잘되었다. 이것저것 나누어 일을 할 필요가 없어진 셈이 아닌가. 솔직히 중원무림의 기존 질서를 무너뜨리는 건 시간이 많이 소요될 뿐 지나치게 손쉬운 감이 있어서 긴장감이 떨어졌었다. 그런데 상대할 만한 자들이 뒤에 숨어 나를 지켜보고 있을 테니 흥미진진해졌지 않은가.'

검엽은 쌍마존이 들었다면 기절초풍했을 생각을 아무렇지도 않게 하며 소리없이 웃었다.

투둑. 투둑.

먹구름의 무게를 이기지 못하던 하늘에서 결국 빗방울이 떨어졌다.

굵어지는 빗방울과 함께 사방은 칠흑 같은 어둠 속으로 침몰해 갔다.

쏴아아아아—

열을 헤아리기도 전에 정원은 장대처럼 쏟아지는 비 때문에 한 자 앞도 보기 어려워졌다.

검엽은 내리는 빗속에서 잠시 움직이지 않았다.

장대비는 그의 사색을 방해하지 못했다.

그의 몸 두 치 앞에서 속절없이 흘러내릴 뿐.

검엽은 무형의 막에 가로막힌 채 미끄러져 내리는 빗물을 보며 별채 안으로 들어갔다.

걸음을 옮기는 그의 아름다운 얼굴에 남아 있는 미소의 흔적.

그는 강한 적이 등장할 가능성이 생긴 현실을 진심으로 마음에 들어하고 있었다.

그리고 그것은 단순히 강대한 적의 등장 때문만은 아니었다.

아직 의식하고 있지 않았지만 그의 마음은 변화를 시작하고 있었다.

심마지해 외부에서 발견한 절대역천마기는 가문이 멸망하고, 운려가 죽은 후 세상과 접점을 찾지 못한 채 일정한 거리를 유지하고 있던 그의 마음을 세상 안으로 들어가게 만드는 계기가 될지도 몰랐다.

사란 일행은 유시 중엽(오후 6시경)에 객잔으로 돌아왔다.

저녁 식사는 유시 말에 모두 모여서 한다.

그것은 검엽 주위로 일행이 모인 후 암묵적으로 정해진 규칙이었다.

이 규칙을 만든 사람은 검엽이 아니라 섭소홍이었다.

검엽은 챙겨주지 않으면 아예 식사를 하지 않았다.

먹지 않아도 상관이 없고, 미식의 취미가 없는 검엽에게 식사는 불필요하고 번거롭기까지 한 일상사였다.

하지만 그를 염려한 섭소홍은 수시로 그에게 무언가를 먹이려 들었고, 결국 식사 시간을 정해 버렸다.

적어도 하루에 한 끼는 꼭 먹어야 한다면서.

그 강요(?)의 연장선이 저녁 식사였다.

사란 일행이 합류한 후로 저녁 식사는 규칙이 되었다.

하루에 한 번이라도 검엽과 식사를 하는 일이었다.

사란은 기꺼이 섭소홍의 강권을 받아들였다. 사란이 따르는데 다른 사람이 불만을 제기할 리가 있겠는가.

객잔에 들었을 때나 노숙을 할 때나 저녁 식사 시간은 변한 적이 없었다.

별채에 머문 후로 세끼 식사는 모두 객잔에서 가져온 것을 먹는 터라 따로 준비할 것은 없었다.

점소이 세 명이 부산하게 날라온 음식이 식탁 위에 놓였다.

점소이들은 잔뜩 긴장한 기색들이었는데, 일행이 두려워서는 아니었다.

그들은 은밀하게 사란과 진애명, 그리고 섭소홍과 남옥령을 흘깃거렸다.

네 여인은 인세에 드문 미인들이다.

그중에 가장 처지는 남옥령만 해도 쉽게 볼 수 없는 미인이었다.

평범한 점소이들이 어떻게 그녀들의 아름다움을 외면할 수 있으랴.

일행도 그런 점소이들을 타박하지 않았다.

곽호가 살벌한 기세를 드러내도 소용이 없다는 걸 그동안의 경험으로 잘 알고 있었기 때문이다.

그건 저들의 잘못이 아니라 네 여인이 너무 아름다운 탓이었다.

점소이들의 눈이 저절로 네 여인을 따라 움직이는 걸 어찌하겠는가.

쳐다보지 말라고 묻어버릴 수는 없는 일이었다.

묵묵히 젓가락을 놀리던 검엽이 손을 멈추고 곽호를 보며 물었다.

"검군."

곽호의 젓가락이 멈췄다.

"예, 주공."

"피 냄새가 난다. 무슨 일이 있었나?"

곽호는 흠칫한 얼굴로 검엽의 시선을 피했다.

"저… 저……."

그는 말을 제대로 하지 못했다.

쌍마존을 거둔 후 검엽은 그들의 개별 행동을 간섭하지는 않았다.

하지만 자유로운 행동을 용인한다고 해도 피를 보는 일까지 그냥 내버려 둔다는 건 있을 수 없는 일이었다.

피를 본다는 건 싸움을 한다는 것이고, 그것은 은원을 맺는다는 뜻이었다.

종의 은원은 그 결과가 주인에게 미칠 수밖에 없다.

주인의 허락 없이 그 수하가 싸우게 되면 사전이든 사후이

든 반드시 보고가 되어야 했다.

그런데 검군은 허락없이 싸웠고 보고도 하지 않았다.

그래서 대답을 제대로 하지 못하고 있는 것이다.

그의 이마에 식은땀이 맺혔다.

다른 사람들은 모두 어리둥절한 얼굴이었다.

검엽의 말이 무슨 뜻인지 이해하지 못한 기색들.

그것은 사람들이 검군의 싸움을 알지 못했다는 것을 의미했다.

분위기가 어색해졌다.

그 난감한 상황을 타파한 사람은 진애명이었다.

그녀가 말했다.

"종주님, 검군을 탓하지 말아주세요. 그는 아가씨를 위해서 싸웠던 것이니까요."

진애명을 보는 곽호의 눈에 감사한 기색이 넘쳤다.

검엽은 진애명에게로 시선을 돌렸다.

그의 시선을 받은 진애명이 말을 이었다.

"낙양 성내에서 아가씨를 납치하려는 자들이 있었습니다. 처음에는 그저 파락호이거니 했는데 검군이 그자들의 면면이 평범하지 않다고 하면서 조사해야겠다고 했어요. 싸움은 그자들과 한 것이에요."

"사실이냐?"

"예, 주공."

검엽의 시선이 찰나간 사란을 스쳐 지나갔다.

"어떤 자들이었느냐?"

"입이 무거워서 정체를 파악하는 데 고생을 조금 했습니다만 참을성이 부족한 한 놈의 입을 열 수 있었습니다. 그는 자신들을 무맹천위대라고 했습니다."

말의 내용으로 볼 때 곽호는 손을 쓸 때 과거의 솜씨를 발휘한 듯했다.

검엽의 입매가 비틀렸다.

무맹천위대라면 과거 대륙무맹에 머물던 시절 그도 들은 기억이 있었다.

"무맹천위대……. 단목천이 보낸 자들이로군."

"예, 그는 자신들이 무맹에서 왔다고 했습니다."

곽호는 슬쩍 검엽의 눈치를 살피며 말을 이었다.

"한두 놈은 잡아서 데리고 오려고 했는데… 세가 불리하게 되자 잡힌 놈들이 자결해 버리는 바람에 그리하지 못했습니다, 주공."

"몇이었나?"

"수는 서른 정도였습니다. 제 손에 죽은 자들은 그중 열다섯 명 정도입니다만 아쉽게도 지휘하는 놈은 잡지 못했습니다. 눈치가 보통이 넘는 놈이었습니다."

"단목천이 아낄 만큼 독한 자들이다. 쉽게 잡을 수 있는 놈들이 아니야."

곽호는 시무룩한 기색으로 고개를 숙였다.

"제 손에 잡혔던 자의 말로는 그들의 처음 목표는 주공이었다고 합니다. 그런데 도저히 엄두가 나지 않아서 아가씨를 납치하는 것으로 목표를 바꾸었다고 하더군요."

사란의 눈이 놀란 토끼눈처럼 동그래졌다.

아무것도 모르고 있었던 기색이었다.

검엽의 눈빛이 서늘해졌다.

사란을 일별한 그는 젓가락을 들며 말했다.

"고생했다."

곽호는 고개를 번쩍 들었다.

그는 산삼을 발견한 심마니처럼 금방이라도 환호작약할 것 같은 얼굴이 되어 있었다. 반면에 다른 사람들의 얼굴은 못 들을 걸 들은 사람처럼 뜨악했다.

그들은 검엽을 만난 후로 그가 누군가를 치하하는 걸 처음 보았던 것이다.

오직 진애명만이 검엽과 사란을 번갈아 보며 내심 흐뭇하게 웃을 뿐이었다.

식탁의 분위기는 모두가 느낄 정도로 확연하게 부드러워졌다.

분위기 탓이었을까.

낙양에 머문 후 별다른 질문이 없었던 섭소홍이 말했다.

"주공, 이번 일을 겪으며 백운천이 주공을 노린 습격 시도를 하지 않을까 하는 걱정이 돼요."

검엽은 싱긋 웃었다.

말투를 조심하고 있었지만 섭소홍은 진심으로 그를 걱정하고 있었다.

"내가 너무 무방비로 있는 듯이 보이는가 보군."

섭소홍은 찔끔한 얼굴로 고개를 숙였다.

"백운천은 움직이지 않는다. 그에게 조언하는 군사 제갈유도 바보가 아니고. 그들은 나를 통해 기회를 잡으려 할 것이다. 시간은 충분해. 그들은 내가 움직일 때까지 기다린다. 그리고 나는 그들이 준비되었을 때 움직인다."

일행은 어리둥절해졌다.

검엽의 말에 담긴 뜻이 무엇인지 이해한 사람은 전무했다.

"서로의 뜻이 어느 시점까지는 맞아 들어간다고 생각하면 편할 것이다."

검엽은 입을 다물고 젓가락을 들었다.

* * *

끝이 보이지 않는 거대한 대전.

태사의에 앉아 부복한 노인의 정수리를 응시하는 태군룡의 눈빛은 활화산처럼 타오르고 있었다.

그의 장중한 음성이 대전을 울렸다.

"천노, 그가 심마지해에서 나왔다는 증거는 발견했는가?"

피로한 기색이 완연한 천노의 눈 밑에 짙은 그늘이 졌다.

"죄송합니다, 궁주님."

"쉬운 일이 아니라는 건 알지만 너무 오래 걸리는 듯하네."

천노의 이마가 땅에 닿을 듯 내려갔다.

입이 열 개라도 할 말이 없는 상황이었다.

그래도 아무 말도 하지 않을 수는 없는 일.

그의 입술이 열렸다.

"고검엽은 보란 듯이 행적을 드러내 놓은 채 움직이고 있어서 추적은 어렵지 않습니다. 하지만 접근하기가 쉽지 않아 시간이 걸리고 있습니다. 그의 주변에 있는 자들 중 약자라고는 북해와 막북의 어린 아해들뿐이고, 다른 사람들은 당대 최고수의 반열에 오를 만한 고수들입니다. 그들은 소수정예라는 측면에서 같은 수로 그들을 상대할 수 있는 자들이 없을 정도로 강력한 무력을 보유하고 있습니다."

태군룡은 이해할 수 없다는 표정으로 천노를 보았다.

"그 일행이 그렇게 강하다고? 고검엽과 진애명이야 그렇다쳐도 정씨 어린 여자아이와 쌍마존도 천노가 우려할 만큼 강하다는 말인가?"

"그렇습니다. 수하들의 보고에 의하면 정사란이라는 여자아이의 능력은 진애명에 못지않은 듯합니다. 단지 경험이 부족해 자신의 능력을 가늠하지 못할 뿐이지요. 쌍마존도 마찬가집니다. 그들은 고검엽이 거두기 전에 기연이 있었던 듯합니다. 수하들은 그들의 능력이 천공삼좌에 비견되거나 그들보다 강할 거라고 판단하고 있습니다."

태군룡은 고개를 저으며 태사의에 몸을 묻었다.

"믿기 어렵군."

그의 중얼거림에는 불신의 기색이 어려 있었다.

그럴 수밖에 없었다.

천노의 말이 옳다면 검엽 근처로 접근하고도 몸을 건사할 수 있는 사람은 절대천궁 내에서도 열 명이 채 되지 않으니까.

"제 생각에 정사란은 아무래도 여 곡주가 직접 가르친 것 같습니다."

"여은향이?"

"예. 정사란의 나이는 이제 스물입니다. 그 나이에 그 정도의 무위를 갖추게 가르칠 수 있는 사람은 신창비순곡 전체를 통틀어도 여 곡주 외에 없습니다."

"흠. 전에 자네가 정사란은 여은향의 제자가 아니라 사손이라고 말했던 걸로 기억하네만."

"정사란의 공식적인 신분은 그렇습니다. 하지만 조사한 바에 따르면 여은향은 정사란을 친손녀처럼 아끼고 있다고 합니다. 그런 관계라면 그녀가 정사란을 직접 가르쳤다 해도 하등 이상할 것이 없습니다."

태군룡의 눈 깊은 곳에 어둡고 습한 기운이 떠올랐다.

천노는 허리를 굽히고 있었기에 태군룡의 기색을 보지 못했다.

태군룡이 말했다.

"세상 밖에서 유유자적하는 여은향을 전장의 한복판으로 끌어낼 수도 있겠구만."

천노의 안색이 살짝 변했다.

"굳이 그러실 필요까지야……."

천노는 지난날 십방무맥의 후인들 사이에서 연휘람을 넘어설 거라는 평가를 받았던 세 명의 기재 가운데 여은향도 포함되어 있었음을 떠올렸다.

고천강, 태군룡, 여은향.

이 세 사람은 십방무맥의 긴 역사 속에서도 보기 드문 천재들이었다.

고천강과 태군룡은 봉황쌍벽이라 불린 능력자들이었고, 여은향은 여중제일기재라는 평가를 받았었다.

고천강의 사후 여은향이 자신의 능력을 겉으로 드러낸 적은 한 번도 없었다.

그러나 다른 사람도 아닌 여은향이었다.

그녀의 무공이 정체되었을 가능성은 만에 하나도 없었다.

여은향은 적으로 삼기에는 넘치도록 부담스러운 상대인 것이다.

태군룡은 천노의 근심 어린 눈길을 피하며 중얼거리듯 말했다.

"여은향은… 고천강만을 바라보았지. 그가 살아 있을 때 여은향은 주변의 어떤 남자에게도 시선 한 번 준 적이 없었네. 고천강이 죽은 후로는 비순곡과 정가장을 오갈 뿐 외부로는 나오지도 않았고. 마치 수절하는 청상과부처럼 말일세. 그녀의 고고함이 깨지는 걸 보는 것도 그리 나쁘지는 않을 것 같은 느낌일세."

천노는 입술을 깨물었다.

그는 태군룡과 고천강, 그리고 여은향이 어지럽게 얽혔던 그들의 젊은 시절을 까맣게 잊고 있었다는 것을 깨달았다.

그의 잘못은 아니었다.

사람은 망각의 동물이고, 고천강의 사후 흐른 세월이 이십 년을 넘고 있지 않은가.

'아아, 궁주님께서 아직도 여 곡주를 마음에 두고 계셨을 줄이야······. 반선지경을 눈앞에 두신 분이기에 삼생의 업을 대부분 풀어버리셨을 거라고 생각했는데, 나의 지레짐작이었단 말인가······.'

태군룡의 말이 그의 짧은 상념을 중간에 끊었다.

"천노."

"예."

"총련과 고검엽의 충돌은 언제쯤 이루어질 듯한가?"

"총련의 준비가 끝나는 대로입니다."

"고검엽이 그것을 기다릴까?"

"그의 행적을 생각하면 그럴 가능성이 높다고 생각합니다. 자신을 드러내 적의 힘을 결집시키는 것이지요."

태군룡은 쓴웃음을 머금었다.

"각개격파는 귀찮으니 모아서 치겠다? 무림사에 드문 광오함이야. 심마지해를 거쳤기에 가능한 자신감이겠지."

"그렇··· 겠지요."

"창천곡의 반응은?"

"백운천에게 사람을 보내려는 움직임이 있습니다만 조금 더 지켜보아야 확실해질 것입니다."

"그 늙은이들도 마냥 지켜보고 있지 못할 걸세. 일단 창천곡에 먼저 고검엽이 심마지해를 거쳤다는 것을 알려주게."

천노가 고개를 번쩍 들었다.

"아직 정확한 것이 아니지 않습니까?"

"끝까지 알려주고 싶지는 않은 일이지만, 알려줄 때 무맥의 종주들에게는 정확한 사실이 필요하겠지만 창천곡에는 그럴 필요가 없네. 설령 고검엽이 심마지해를 거치지 않았다고 해도 그자들은 그것을 알아보지 못할 걸세. 그들은 그것을 구별할 수 있는 능력이 없으니까."

말귀를 알아들은 천노의 입가에 미소가 그어졌다.

"알겠습니다, 궁주님."

"자네는 총련과 고검엽이 충돌하면 승산이 어느 쪽에 있다고 보는가?"

천노는 망설이지 않고 대답했다.

"고검엽입니다."

"어느 정도냐?"

"육 할 이상이라고 생각합니다."

"총련을 구성하고 있는 문파들은 허약하지 않은데도?"

"고검엽이 심마지해를 거쳤다면 그를 막을 수 있는 건 무맥의 종사 분들뿐입니다, 궁주님. 중원무림의 힘으로는 그를 막기 어려울 것입니다."

태군룡은 고개를 끄덕였다.

"나도 그렇게 생각한다네."

그의 낯빛이 살짝 굳었다.

그가 말했다.

"군림성과 대륙무맹에도 고검엽에 대한 개괄적인 정보를 제공해 주게. 망할 때 망하더라도 그놈을 괴롭히다 망해야 하지 않겠는가."

"알겠습니다, 궁주님."

"가능하면 양패구상을 유도할 수 있도록 손을 써보게. 삼패세가 무너지고 고검엽이 살아남는다면 창천곡도 그 과정에서 삼패세와 같이 무너졌다는 걸 의미하네. 그렇게 되면 나는 하고 싶지 않았던 일을 해야 한다는 걸 잊지 말게."

태군룡이 하고 싶지 않았던 일.

그것은 다른 무맥의 종사들과 관련되어 있는 일이었다.

"예."

"나는 무맥의 다른 종주들이 세상에 관심을 갖는 걸 원치 않아. 고검엽이 심마지해를 거쳤다는 걸 알려주고 싶지 않은 이유가 그걸세. 그들은 지금까지처럼 새외에서 유유자적하며 살도록 내버려 두고 싶다네."

태군룡의 눈빛이 얼음장처럼 차갑게 변했다.

"고검엽이 심마지해를 거쳤다는 게 확실해진다면 그들은 움직일 것이고, 나는 손을 덜게 되겠지. 하지만 그렇게 세상에 나온 무맥의 종사들이 어떻게 움직일지는 예측불허일세. 자네도 알지 않는가? 그들은 정말 상대하기 쉽지 않은 자들일세. 그들을 끌어내는 것은 최악의 상황이 아니라면 고려할 필요도 없는 일이라네. 그만큼 천노가 하는 일이 중요해."

"최선을 다하겠습니다."

태군룡은 작게 고개를 끄덕였다.

"고검엽이 중원을 풍비박산 내고 그 자신도 그 시산혈해 위에 눕는다면 본 궁은 손 안 대고 코를 풀 수 있게 될 걸세. 천지간에 오직 본 궁만이 홀로 존귀하게 되는 날이 온단 말일세. 즐거운 일이지."

태군룡의 얼굴에 스산한 미소가 번졌다.

천노도 함께 웃었다.

태군룡이 낮은 음성으로 중얼거리듯 말했다.

"고검엽과 정사란……. 그들이 피 구덩이에 빠지면 여은향이 어떻게 나올지 보는 것도 재미있을 거야."

그의 두 눈 깊은 곳에 떠돌던 검붉은 기운이 조금씩 진해져 갔다.

第五章

낙양성 외곽 청수객잔 별채.
신시 말(오후 5시경).

"각주님."
말보다 먼저 문을 벌컥 열고 들어서는 상지열의 얼굴을 보며 종자온은 혀를 찼다.
종자온의 얼굴은 시커멓게 죽어 있었다.
그는 엿새나 잠을 자지 못한 상태였다.
그가 절정의 극을 보고 있는 고수가 아니었다면 쓰러져도 벌써 쓰러졌을 터였다.
"무슨 일이냐?"

상지열은 비각 내에서도 열 손가락 안에 드는 요인으로, 종자온이 삼패세의 쟁패가 끝난 이후 직접 키운 자였다.

그만한 능력을 가진 사람이어서 어지간한 일에는 눈썹 하나 꿈쩍도 하지 않는 인물인데, 지금 그의 얼굴은 말이 아니었다.

평정이 완전히 무너진 얼굴이 있다면 상지열의 얼굴과 같을 것이다.

상지열은 가벼운 포권으로 예를 표한 후 바로 입을 열었다.

"상황이 심상치 않습니다."

종자온은 눈살을 찌푸렸다.

그의 눈에 진한 의혹의 기색이 떠올랐다.

상황이 심상치 않은 건 오래되었다.

고검엽이 황보세가를 봉문시켰을 때부터였으니까.

그래서 새삼스럽게 심상치 않다는 말은 오히려 이상했다.

"진정하고 보고해 보게. 뭐가 심상치 않다는 말인가?"

"섬전수 이천룽이 이끄는 척천산장의 무리들이 수가 너무 많습니다."

"뭐?"

"산장을 떠나 장강을 넘은 건 대략 육백 정도로 파악되었는데 지금 모여드는 인원이 근 이천을 넘습니다."

종자온의 안색이 변했다.

"이천? 오차가 있다 해도 그 수가 일천을 넘을 수는 없을 텐데?"

"하좌도 그렇게 생각했습니다만 고검엽이 머무는 양화객잔 주변에 집결한 자의 수가 이천을 넘었고, 그 수가 계속 불어나고 있습니다. 성 밖에서 낙양을 향하고 있는 무리의 수는 십여 개가 넘습니다. 인원도 일천 이상이고요. 만약 그들이 전부 양화객잔을 향하고 있다는 추측이 옳다면 고검엽 주변에 모일 자들의 수는 삼천 이상입니다."

종자온의 낯빛이 삼엄해졌다.

"삼천 이상이라니… 그런 말도 되지 않는 일이! 척천산장은 그런 여력이 없다."

이해할 수 없다는 표정으로 고개를 절레절레 젓은 종자온이 물었다.

"이천룽을 비롯한 네 명의 노괴는?"

"반 시진 전 낙양 성내로 들어와 양화객잔을 향했으니 거의 도착했을 것입니다."

"모여드는 자들이 노괴들을 중심으로 움직이고 있나?"

"그것이……."

상지열은 말끝을 흐렸다.

재촉하는 종자온의 음성이 단호해졌다.

"대답하게."

"본 각의 정보망에 걸린 자들 중 대략 일천 정도는 이천룽의 움직임과 보조를 맞추고 있는 것으로 확인되고 있습니다만, 그 외의 자들은 산장의 움직임과 완전히 다른 독자적인 행보를 보이고 있습니다."

"그렇게 판단한 근거는?"

"그들의 동선이 제각각인데다가 객잔 주변에 모인 자들 사이에 소소한 충돌이 빈번하게 일어나고 있습니다. 수직적인 지휘 체계를 가지고 있다면 그런 식으로 행동할 까닭이 없습니다. 그리고 지켜본 바로 그들은 서로의 존재를 모르는 듯합니다."

종자온은 멍한 얼굴이 되었다.

"허어. 말도… 안 돼. 어떻게 그런 일이?"

그는 수십 년 동안 강북 지역의 정보를 총괄해 온 능력자였다.

그러나 지금 낙양성 안팎에서 벌어지고 있는 일은 처음 겪는 것이었다.

그가 말했다.

"척천산장 외에 다른 문파의 자들이 섞여 있다고 보는 게 옳다. 비각의 전 역량을 동원해 모여드는 자들의 정체를 파악해라. 본 련이 통제할 수 없는 상황으로 치달을 수 있는 일이야. 상황의 중차대함을 명심하도록."

"알겠습니다, 각주님."

성지열은 뛰쳐나가기라도 하는 것처럼 신속한 몸놀림으로 방을 떠났다.

종자온의 얼굴은 심각했다.

정신이 번쩍 든 듯 피곤한 기색은 어느새 사라져 있었다.

"삼천 이상이 그자의 주변에 모인다면……."

그는 자신도 모르게 진저리를 쳤다.

비각은 고검엽의 지난 행적을 추적했다. 막북에서의 행적 또한 당연히 포함되어 있었다.

현재도 막북의 야인들은 고검엽을 사람의 모습을 한 신 혹은 마신으로 여기며 숭배하고 있었다.

그들 중에는 고검엽의 신상을 모셔놓고 제사를 지내는 부족들도 적지 않았다.

가장 극렬한 고검엽의 숭배자들은 그와 함께 청랑파를 상대로 싸웠던 사람들이었다.

그들은 고검엽의 능력을 실제로 보았고, 그들에 의해 소문이 초원 전역으로 퍼져 나가며 그를 신의 반열에 올리기도 했다.

종자온은 이를 악물었다.

"그자에게는 사람의 마음을 자극하는 무언가가 있다. 군사가 잘못 판단한 것일 수 있어. 모여드는 자의 수가 예상을 이미 벗어났다. 고검엽의 주변에 있는 자들이 총련의 전력을 모을 명분을 줄 것이라는 군사의 판단에 따라 그저 지켜보기만 한 것인데, 고검엽을 중심으로 모이는 자들의 힘이 본 련을 위협할 정도가 된다면 상황은 복잡해진다. 군사와 련주님께 보고해야 한다."

종자온은 다급한 손길로 품에서 빈 종이를 꺼냈다.

낙양에서 벌어지는 일이 그가 예측할 수 있는 범위를 벗어나고 있었다.

이것은 총련의 누구도 원하지 않았던 상황이었고, 예상도 하지 못했던 일이었다.

　　　　　　　　　*　　　*　　　*

　양화객잔의 별채.
　술시 중엽(오후 8시경).
　정원의 정자.

　사란은 손에 든 쟁반을 들고 조심스럽게 걸음을 옮겼다.
　쟁반 위에 놓여 있는 것은 푸른빛이 은은한 차호(차주전자)와 찻잔.
　정자 중앙.
　편한 자세로 의자에 기대어 정원에 시선을 두고 있는 검엽의 옆에 도착한 사란은, 그의 앞에 찻잔을 놓고 차호를 들어 따랐다.
　용정의 향이 안개처럼 정자 안을 떠돌았다.
　검엽은 잠시 사란을 일별한 후 찻잔을 들었다.
　사란의 얼굴에 긴장한 기색이 떠올랐다.
　검엽을 만난 후 사란은 검엽과 단둘이 오래 있던 적이 없었다.
　검엽이 허락하지 않았던 것이다.
　지금도 그랬다.
　검엽이 눈짓이든 손짓이든 물러나라는 뜻을 보이면 그녀는 정자를 떠나야 했다.

검엽은 사란이 따라준 차를 마실 뿐 아무 말도 없었다, 심지어 앉으라는 말조차도.

하지만 그것만으로도 사란의 얼굴엔 환한 미소가 어렸다.

검엽이 자신을 내칠 마음이 없다는 것을 알아차린 것이다.

그녀는 궁장 자락을 잡고 우아하게 검엽의 옆자리에 앉았다.

시간은 유유히 지나갔다.

검엽은 차를 마시고, 잔이 비면 사란이 차호를 들어 잔을 채웠다.

두 사람 모두 인세에 그 짝을 찾기 어려운 미모의 소유자들.

아담한 정자와 잘 가꾸어진 정원 속에 나란히 앉은 그들의 모습은 한 폭의 평화로운 그림과도 같았다.

그러나 그 시간은 계속되지 못했다.

말없이 차를 마시던 검엽의 미간에 가는 주름이 잡혔다.

그는 의아한 눈으로 정자 밖을 돌아보았다.

곽호가 그를 향해 걸어오고 있었다.

그런데 눈치가 이상했다. 몸짓은 쭈뼛거리고, 발바닥으로 지면을 훑으며 다가오는 걸음걸이는 어정쩡했다.

곽호는 정자 앞에 도착하자, 검엽의 눈치를 보며 허리를 숙였다.

허리를 펴고 나서도 말은 하지 못한 채 입술만 달싹이는 그를 보며 검엽은 찻잔을 내려놓았다.

그가 물었다.

"할 말이 있으면 해라."

곽호는 검엽의 턱을 보던 시선을 들었다.

그러고서도 검엽과 눈을 마주치지 못했다.

검엽은 내심 고개를 갸웃하지 않을 수 없었다.

곽호를 만난 후로 본 적이 없었던 태도였기 때문이다.

곽호가 조심스러운 어조로 말문을 열었다.

"주공… 을 뵙고 싶다며 찾아온 자들이 있습니다."

"나를?"

검엽은 눈살을 살짝 찌푸리며 되물었다.

강호에서 그를 보고자 하는 자들은 많았다. 그러나 직접 찾아올 자는 없었다. 찾아왔다고 곽호가 그에게 고할 자들은 더더욱 없었고.

검엽은 말을 이었다.

"검군, 거절하기 어려운 사정이 있는 모양이군."

어색해하던 곽호의 얼굴이 조금 밝아졌다.

검엽은 손을 쓸 때를 제외하고는 사람과의 대화가 거의 없을 정도로 번잡한 것을 피했다.

일행이 된 쌍마존은 물론이고 사란 등과도 일정한 거리를 유지하는 그가 아니던가.

곽호는 방문자에 대해 말하기를 주저할 수밖에 없었던 것이다.

"예, 주공. 과거에 인연이 있던 자들이라 매정하게 내치기 어려웠습니다."

"마도에 몸을 담은 자들인가?"

곽호가 행도할 당시 인연이 있던 자들이라면 그 방면의 인물들일 수밖에 없었다.

곽호는 고개를 끄덕였다.

"조금 애매하긴 합니다만 그렇다고 말씀드릴 수 있습니다."

"말이 묘하군. 어쨌든 그런 자들이 왜 날 찾아왔지?"

"그게……."

곽호는 혀를 내밀어 입술을 축였다.

입술이 바짝 말라 있었다.

그가 말했다.

"주공을 모시고 싶답니다."

검엽의 눈빛이 깊어졌다.

예상치 못했던 일이었다.

삼패세가 장악하고 있는 중원과 장성 이북은 사정이 다르기에 초원의 부족들처럼 그를 중심으로 사람을 모으는 건 처음부터 크게 기대하지 않았던 일이 아니던가.

그가 물었다.

"몇 명인가?"

"찾아온 자들은 일곱입니다. 그런데 그들의 말로는 시간을 주시기만 한다면 모을 수 있는 사람의 수가 대략 사오백 명 정도 된답니다."

"사오백이라……. 많다고도 적다고도 하기 어려운 수로군.

개개인의 무공 수준은 어떤가?"

"절정고수의 수는 십여 명 전후이고, 나머지는… 자기들 말로는 일류 수준이라고 하는데, 평균적인 실력은 이류와 일류 사이인 듯싶습니다."

"무사 사오백… 성향은?"

"이곳에 온 일곱 명은 사마외도에 몸담고 있는 자들입니다. 저도 보지는 못한 상태라 확답을 드릴 수는 없습니다. 하지만 그들이 모으는 자들이니 전부가 사도와 마도에 속한 자들일 겁니다."

검엽은 팔짱을 꼈다.

"성향이 그렇다면 군림성이나 대륙무맹의 영향권 내에 있는 자들이어야 하지 않나? 삼패세의 영향을 받지 않는 오백여 명의 일류고수가 당대 무림에 존재한다는 게 이상하군."

"삼패세의 틈새에서 연명하던 자들입니다, 주공."

"틈새?"

"예, 그들은 삼패세의 대리전을 수행하던 자들로, 돈만 주면 어느 세력에든 고용되어 싸우는 낭인들입니다."

검엽의 눈이 심원하게 빛났다.

"대리전? 그럼 용병이라는 말인가?"

"그렇습니다."

"무림에 그런 자들이 있었나?"

곽호가 싱긋 웃었다.

"주공과도 관련이 있는 자들입니다."

이해할 수 없는 말이라 검엽의 미간에 작은 내천 자가 그려졌다.

"나와 관련이 있다니, 무슨 소린가?"

"십이 년 전 주공께서 초평익의 손자를 죽인 것 때문에 촉발된 대륙무맹과 군림성의 싸움 이후, 삼패세는 국지전에 자신들의 직계 세력을 동원하기보다는 본격적으로 용병을 고용하기 시작했다고 합니다. 무사 한 명을 키우기 위해서 들이는 시간과 비용을 생각한다면 용병을 고용하는 것이 훨씬 비용이 적게 드니까요. 과거에는 세력의 위신과 체면 때문에 삼패세는 용병을 거의 고용하지 않았습니다. 아예 용병을 고용하지 않았던 건 아니지만 드러내 놓고 모집하지는 않아서 규모는 미미했죠. 하지만 십이 년 전 국지전에 불과한 싸움에서 초평익이라는 거물이 반 폐인이 되어버리는 것을 보고 삼패세의 수뇌부가 충격을 받았다고 합니다. 그들이 받은 충격의 결과가 용병으로 나타난 것입니다."

검엽은 생각에 잠겼다.

그가 심마지해에 머무는 동안 중원무림에는 커다란 변화가 있었던 듯했다.

그런 변화는 검엽이 생각지도 못했던 것이었다.

"용병……."

돈을 받고 전쟁에 참여하는 무리들은 고대부터 존재했다.

제자백가 중의 묵자의 후예들이 그 대표적인 사례에 속한다. 물론 그들이 용병으로 싸운 것은 단순히 돈을 위해서는 아니었지만.

검엽은 곽호를 보았다.

"그들이 나를 모시고 싶다고 했지?"

"예, 주공."

"돈을 받고 고용해 달라는 것이 아니고?"

"그렇습니다."

"특이하군."

목숨 값을 돈으로 환산하는 자들의 습성은 쉽게 바뀌지 않는다.

검엽의 내심을 짐작한 곽호가 말했다.

"용병으로 삼패세에 고용되어 그들의 대리전에 뛰어든 무사들은 연고도 배경도 없는 자들입니다. 삼패세는 수십 년 동안 중원을 경영하면서 굉장히 폐쇄적인 조직이 되었습니다. 그곳의 하급무사로 들어가려고 해도 어지간한 배경이 없으면 가능하지 않지요. 용병으로 삼패세의 대리전을 수행한 자들은 그렇게 각 세력의 하급무사로도 들어가지 못한 자들입니다. 배운 무공을 써먹을 길이 없어서 선택한 직업이 용병인 것이죠. 그들은 용병으로 전장에서 개처럼 죽느니 무사로 싸우다 죽고 싶답니다."

검엽은 차분한 눈빛으로 곽호를 보았다.

"몽 어르신이 알려준 건가?"

곽호의 얼굴이 붉어졌다.

그는 정신을 잃고 수십 년을 보내다가 검엽에 의해 정신을 차린 사람이다.

당연히 검엽보다 더 현재의 강호정세에 어두워야 정상이었다.

방금 전에 그가 보고한 내용은 십여 년 이상 강호를 주시한 사람이나 가능한 의견이었다.

검엽이 곽호의 등 뒤에 드리워진 몽완의 그림자를 느낄 수밖에.

도종렬과 몽완은 객잔에 없었다.

그들은 개방의 낙양 지부에 머물고 있었다.

검엽과 얼굴을 마주칠 수밖에 없는 곳에 머무는 것은 부담스러운 일이었으니까.

곽호의 어깨가 조금 쳐졌다.

"…예, 주공……."

힘없는 대답이었다.

검엽은 소리없이 웃었다.

곽호는 확실히 단순한데다 속마음을 감추지 못하는 성격이었다.

"오늘은 사람을 만나고 싶지 않군. 내일 아침에 보도록 하지."

곽호의 얼굴이 환해졌다.

그는 넙죽 허리를 숙였다.

"알겠습니다, 주공."

곽호가 물러가는 것을 보며 검엽은 눈을 지그시 감았다.

사란은 차호를 두 손으로 감싸고 살그머니 진기를 끌어올렸다.

여은향에게서 그녀로 이어진 신창비순곡의 비전, 초연신공의 기운이 은밀히 일어났다.

식어버린 차호의 입구에서 아지랑이 같은 김이 솟아났다.

그런데도 열기는 그녀의 손바닥을 벗어나지 않았다.

현무림에 삼매진화를 이처럼 정교하게 구사할 수 있는 사람이 과연 몇이나 될 것인가.

사란의 능력은 나이와는 전혀 어울리지 않는 것이었다.

쪼르르—

빈 잔에 찻물이 채워지는 소리가 정원의 정적을 부드럽게 깼다.

검엽은 눈을 떴다.

사란은 그림처럼 조용히 맞은편에 앉아 그를 볼 뿐 말이 없었다.

그는 찻잔을 들어 한 모금을 마셨다.

표정없는 얼굴.

그러나 그는 내심 탄식하고 있었다.

사란은 세상 밖으로 나와서는 안 되는 사람이었다. 그리고 그것은 사란에게만 해당되는 말도 아니었다.

십방무맥에 속한 사람들은 누가 되었든 세상 밖으로 나와서는 안 되었다.

십방무맥은 이 세계에 존재하는 무(武)의 균형을 붕괴시키는 힘이었다.

그들 서로의 견제에 의해 발휘되지 않고 있을 뿐인 절대력.

검엽은 심마지해를 나선 후 선조들이 봉황금약으로 십방무맥을 금제한 이유를 명확하게 알게 되었다.

심마지해 이전의 그가 머리로 이해했다면, 심마지해를 벗어난 후에는 몸으로 알게 된 사실.

'무맥의 힘은 드러난 세상의 힘으로는 막을 수 없는 불가항력의 거력이다.'

사란도 그런 힘을 이은 사람들 가운데 한 명이었다.

'무맥이 금약에 의해 금제되고 있다는 것을 세상 사람들은 다행으로 여겨야 하는 걸까. 무맥의 비전이 외부에 전해진다면 천하의 역량은 놀라운 비약을 이룩할 수 있을 것이다. 하지만 그것은 불가능한 일. 무맥이 금제되고 있는 것이 천하의 불행일까 축복일까.'

검엽은 쓴웃음을 머금었다.

심마지해를 나선 후 그는 변하고 있었다.

방금 전 그가 한 생각도 천하에 대해 관심을 가지고 있지 않다면 들지 않았을 것이었다.

그것을 다시금 느낀 것이다.

확실히 그의 마음은 미묘하게 변하고 있는 중이었다.

무맥의 후인으로 태어나 자란 사람들은 기본적인 성향이 바깥세상의 사람들과 천양지차라 할 만큼 달랐다.

봉황금약에 의해 외부로의 관심이 허락되지 않은 것이 그런 성향을 만들어냈다고 할 수 있었다.

그렇게 세상과 담을 쌓은 채 천 년 이상의 세월을 살아오면서 세상에 대한 그들의 관심은 극단적이라고 할 만큼 적어졌다.

사란을 보면 그것을 분명하게 알 수 있었다.

사란은 정가장을 떠나 세상 속으로 들어왔다. 하지만 그것은 겉으로 보이는 모습일 뿐이었다.

그녀는 검엽, 그리고 그와 관련된 것을 제외한 세상 무엇에도 관심을 보이지 않았다.

사랑에 눈먼 여인은 그 대상만이 눈에 들어온다는 말이 있지만, 사란의 경우는 그것과도 약간 달랐다.

애당초 그녀는 세상에 대한 관심이 없었던 것이다.

그리고 그런 사란을 볼 때마다 검엽의 뇌리에는 그의 어린 시절이 저절로 떠올라 고소를 머금을 수밖에 없었다.

사란은 척천산장에 머물 때의 그와 너무도 비슷했으니까.

만약 운려가 없었다면 그는 현재의 사란이 보여주고 있는 것과 같은 마음의 상태를 아직도 유지하고 있을지도 몰랐다.

"란아."

그린 듯 앉아 그를 보고 있던 사란의 눈이 조금 커졌다.

놀란 기색이 완연했다.

그녀가 검엽의 옆에 머물기 시작한 후 그가 먼저 입을 열어 그녀를 부른 적은 없었다.

그녀는 얼른 놀란 기색을 지우고 입을 열었다.

"예, 사숙."

검엽의 눈과 사란의 눈이 마주쳤다.

어린아이처럼 맑고 아름다운 눈빛.

사란의 눈을 본 검엽은 피에 전 마음이 조용히 씻겨 나가는 듯한 느낌을 받았다.

그는 오랫동안 잊고 있어 이제는 가진 적이 있었는지조차 기억이 나지 않는 감정이 자신의 마음속으로 스며들고 있다는 것을 깨달았다.

그는 내심 쓴웃음을 지었다.

운명의 힘은 이토록이나 강한 것이다.

검엽은 찻잔을 비웠다.

상념도 지웠다.

무림행의 끝이 어떤 모습으로 다가올지 알 수 없는 일이었다. 하지만 그 끝을 볼 때까지 집중해야 했다.

감정은 사치였다.

그가 말했다.

"평범하게 사는 것이 비범하게 사는 것보다 어렵다. 만나는 사람들에게 관심을 가지도록 해라."

화두 같은 말을 툭 던지듯 말한 검엽은 자리에서 일어났다.

사란도 따라 일어섰다.

그녀의 별처럼 빛나는 두 눈은 가을 호수처럼 맑고 깊었다.

검엽이 한 말의 의미를 생각하고 있는 것이다.

검엽은 뒷짐을 지고 천천히 정자를 벗어났다.

순백의 빙천혈의, 허리춤에서 출렁이는 숱이 많고 윤기가 흐르는 긴 머리카락, 투명한 느낌이 묻어나는 잡티 하나 없는 피부, 조각처럼 뚜렷하고 균형 잡힌 오관.

유유히 불어온 바람이 그의 머리카락과 옷자락을 살짝 흔들며 지나갔다.

사란은 새어 나오려는 한숨을 간신히 억눌렀다.

검엽은 땅에 발을 딛고 살아가고 있는 사람임이 분명했지만 그에게서 풍기는 분위기는 인세의 것이 아닌 듯 신비롭기만 했다.

그는 믿기지 않을 만큼 절대적인 존재감으로 보는 이를 압도하는 사람이었다.

하지만 그와 동시에 안개처럼 흩어져 종적이 묘연해져도 당연할 것만 같은, 완전히 상반된 느낌도 함께 주었다.

그래서 사란은 언제나 안타까웠다.

바로 옆에 있어도 잡을 수 없는 신기루처럼 여겨지는 사람이었기에.

멀어지는 검엽의 등에 고정된 그녀의 두 눈이 자욱하게 번지는 습막으로 흐려졌다.

* * *

"그는 대체 어떤 인물일까?"

낭후는 어둠에 물든 창문 밖 건너편 양화객잔을 보며 중얼거리듯 물었다.

그가 머물고 있는 산청객잔과 양화객잔의 거리는 칠십여 장.

시간은 자시를 넘어 축시 중반으로 달려가고 있는 중이라 거리는 인적이 끊어져 쥐 죽은 듯 고요했다.

간간이 술에 만취한 한량들의 고성이 들릴 뿐이었다.

방에 있는 사람의 수는 그를 비롯해서 일곱이나 되었다.

나이는 사십대에서 육십대까지 천차만별.

눈빛이 날카롭고 풍기는 기세가 사나워 쉽게 보기 어려운 고수의 풍모가 엿보이는 자들이었다.

하나같이 범상치 않은 자들이었지만 낭후의 질문에 대한 답은 빨리 나오지 않았다.

"글쎄……."

일다향 정도가 지난 후 입술을 뗀 건 느긋하게 섭선을 부치고 있던 노군휘였다.

여섯 명의 시선이 그를 향했다.

회색 유삼 차림의 청수한 풍모의 중년인.

언뜻 보면 무림인이 아니라 유생으로 보이는 사람이 바로 노군휘였다.

사람들의 시선을 한 몸에 받은 그는 담담한 미소를 지었다.

각기 다른 지역에서 수하들을 데리고 활동하던 그들을 한자리에 모은 자가 노군휘였다.

그래서 그는 은연중에 무리의 여론을 주도했고, 다른 사람들도 그의 의견을 존중했다.

이 자리에서 가장 나이가 많고 연배가 높은 낭후조차 노군휘의 의견을 따랐다.

방금 전 그가 한 질문은 다른 누구도 아닌 노군휘의 대답을 듣기 위한 것이었다.

노군휘는 독특한 경력의 소유자였다.

현재 그의 나이는 마흔셋. 별호는 낭인수재(浪人秀才)로, 사천성에 근거를 둔 낭인 집단 묘재당(妙材黨)의 당주가 그였다.

그가 어느 문파 출신인지는 알려진 바가 없었다.

그는 팔 년 전 사천에 처음으로 모습을 드러냈다.

그리고 팔 년이라는 짧은 시간 동안 혈혈단신, 적수공권으로 창설한 묘재당을 사천에서 누구도 무시할 수 없는 낭인 문파로 성장시켰다.

묘재당은 무공보다는 병법과 지략의 사용에 특화되어 있는 문파로, 그들이 보유하고 있는 역량은 누구도 무시하기 어려울 정도였다.

작금에 이르러서는 사천을 제패하고 있는 아미, 청성, 사천당가에서도 그를 주목할 정도였으니 노군휘와 묘재당의 능력이 어떠한지에 대해서는 두말이 필요없었다.

당연히 사천의 낭인들 사이에서 그에 대한 평가는 대단히 높았다.

만약 그가 대문파 출신이었다면 삼패세를 좌지우지하는 세 명의 천재군사 가운데 누군가의 후계자 자리를 꿰차도 벌써

꿰찼을 거라는 평까지 들을 정도였으니까.

노군휘는 천천히 말문을 열었다.

"그의 성향은 불분명하오. 그의 손에 무너진 네 문파는 정사마가 모두 포괄되어 있소. 그가 왜 그러한 대파괴행을 하고 있는지 이유와 목적에 대해 알려진 것도 전무하오. 하지만 분명한 건 그가 단신으로는 누구도 상대할 수 없는 절대무적의 초강고수라는 것, 그리고 그로 인해 당세무림의 정세가 요동치고 있다는 것이오."

낭후는 묵묵히 고개를 끄덕여 노군휘의 의견에 동의를 표했다.

그가 말했다.

"내가 소싯적 곽 선배와 맺은 인연 덕분에 그와의 만남을 성사시키기는 했지만 노 당주, 그가 과연 우리를 받아줄 거라 생각하는가?"

"그와 같은 초강자의 내심을 어떻게 헤아리고 확신할 수 있겠소. 하지만 가능성은 충분하다는 게 본 당주의 판단이오."

"무슨 근거로?"

노군휘는 가볍게 섭선을 흔들며 대답했다.

"현재 그는 정무총련과 완전히 적이 된 상황이오. 쌍마존 선배들이 보좌하고 있다고 하지만 그는 혼자요. 그의 능력이 불가사의할 정도라 해도 사람인 이상 한계는 있을 수밖에 없소. 그리고 팔다리가 대여섯 개에 눈이 수십 개 달리지는 않았으니까 말이오. 확인된 바에 의하면 황보가와 소림사에서 그는 쌍마존의 도움을 받지 않았다고 하오. 무공을 사용하는 건 그 하나로 족하다는 뜻일 거요. 하지만 무공 외의 다른 일들은 문제가 조금 다르오. 광대한 중원을 돌아다니며 거대 세력과 충돌하는 그로서는 여러 가지 일이 생길 터인데, 그것을 모두 혼자서 처리하는 건 정말 비효율적인 일이라 할 수 있소. 쌍마존 선배가 대단하긴 해도 그들은 단 두 명. 충분한 보좌를 할 수 있는 숫자가 아니오. 주변에서 돌아가는 정무총련의 움직임이 급박해질수록 나는 그가 자신의 뜻을 받들어 수족처럼 움직여 줄 수 있는 사람의 필요를 느끼고 있을 가능성이 크다고 보오."

낭후와 나머지 다섯 명은 고개를 끄덕였다.

노군휘의 의견은 상식적이었고 반박할 구석을 찾기 어려울 만큼 정연했다.

이 자리에 모인 일곱 명은 마도와 정사중간의 인물들 가운데 상당한 명성을 쌓은 이들이었다.

묘재당의 노군휘는 사천의 손꼽히는 마도고수이고, 혈인귀 낭후는 절강성의 대표적인 살수 문파 흑림의 림주였다.

다른 다섯 명의 명성도 그들에 못지않았다.

강동 독혈문의 독혈객 임학, 하북 금환방의 쌍수금환 오영계 등 다섯 명 모두 대강남북에서 삼패세의 용병 역할을 하며 나름의 입지를 굳힌 문파의 주인들이었다.

이들은 노군휘의 제의로 한자리에 모였다.

노군휘에게만 상수를 양보할 뿐 지략이라면 이 자리의 누구보다도 낫다고 자타가 공인하는 오영계가 말문을 열었다.

"노 당주의 제안대로 우리가 가진 총역량을 동원해 낙양으로 사람을 모았소. 낭 선배는 사오백으로 곽 선배에게 말했지만 실상 이천이 넘고 근 삼천에 달하는 수요. 총련의 비각이 놓치기에는 규모가 너무 크지. 물론 다른 때였다면 정무총련은 이 정도 숫자의 낭인들이야 콧방귀도 뀌지 않았을 테지만 현재의 국면에서 그들은 우리의 움직임에 주목을 할 거요. 문제는 노 당주의 계획대로 천마 고검엽의 주변에 머물면서 우리의 피해를 최소화하고, 삼패세의 균형이 무너지는 균열의 틈새에서 우리가 세력을 확장할 수 있겠느냐는 거요. 천마의 휘하세력으로 완전히 들어가서 총련과의 전쟁 중에 수하들이 소멸해 버릴 위험을 배제할 수 없는 형편이 아니오?"

노군휘의 안색이 살짝 굳었다.

고민이 묻어나는 눈빛이었다.

"오 방주가 무엇을 염려하는지 모르지 않소. 천마 고검엽… 들리는 소문으로 그는 북해와 막북에서 마신과 같은 숭앙을 받고 있다고 하오. 그를 만났던 자들은 한결같이 그에게 경복하고 있다는 말도 들리오. 그만큼 그는 막강한 기도의 소유자일 거요."

그의 눈빛이 매서워졌다.

"그는 시대를 뒤흔드는 거인이오. 아마도 우리가 만났던 당대의 어떤 거물들보다 더 위험하고 매력적일 거요. 그를 만난 사람들이 그에게 경도되어 진짜 그의 수족이 되어 불을 찾아드는 불나방처럼 움직일 위험을 배제할 수 없을 만큼 말이오. 그래서 우리는 정신을 똑바로 차리고 흔들리지 말아야 하오. 초심을 잊는 순간 우리는 용병으로 살다가 천마의 휘하에 들어 정무총련과 싸우다 죽은 이름없는 무사에 불과하게 될 테니까."

낭후가 말했다.

"최악의 경우 그를 따르다 죽어야 하는 자가 생긴다면 내가 가장 먼저 죽겠소."

사람들은 입술을 깨물었다.

그들은 마도와 사도, 정사중간에 속한 무인들.

다른 사람을 위한 희생이라는 말과는 인연이 없는 삶을 살아온 사람들이었다.

낭후도 다르지 않았다.

그가 그런 말을 할 만큼 그들이 갖고 있는 열망은 절실했다.

그들은 무림 중에 자신들만의 명확한 영역을 갖는 꿈을 품고 살아왔다.

삼패세라는 초거대 세력의 용병으로 대리전을 치르다 들개처럼 벌판의 시신이 되어 사라지고 싶지 않은 것이다.

그들은 지금까지 희망을 그들 자신조차 망상으로 치부하며 가슴 깊은 곳에 묻은 채 살아왔다.

그런데 그 망상이 현실이 될 가능성이 생긴 것이다.

천마 고검엽이라는, 무림사에 드문 절대마존의 등장으로 인해.

일곱 사람의 얼굴에 결연한 기색이 어렸다.

그들의 각오는 단단했다.

고검엽이라는 인물이 일으키고 있는 거대한 파도에 몸을 실어야 했다. 평생 다시 오지 않을 기회라는 걸 모르지 않기 때문이다.

노군휘는 사람들을 돌아보며 내심 회심의 미소를 지었다.

원하던 첫발을 내디뎠다.

앞으로 그가 어떻게 하느냐에 따라 그와 천하의 미래가 바뀔 터였다.

그는 그렇게 믿었다.

그러나 그는 물론 다른 여섯 명의 고수도 알지 못했다.

그들의 방이 위치한 객잔 위에 떠 있는 거대한 새의 그림자를.

날개를 편 길이가 오 장에 달하는 새는 사람의 눈에 보이지 않았다.

단지 자세히 살펴본다면 새가 있는 곳의 공간이 미미하게 이지러져 있는 것을 볼 수 있을 뿐이었다.

귀조의 거대한 쟁반 크기만 한 붉은 눈이 두어 번 깜박였다.

그것은 묘하게도 웃는 듯이 보였다.

第六章

사시 중엽(오전 10시경).
양화객잔의 후원 별채 정원 정자.

객잔에 머문 후로 대부분의 시간을 정자에서 보내는 검엽이다.

오늘 아침 그를 찾은 방문자들은 정원으로 안내되었다. 그리고 언제나처럼 정자에 앉아 사란의 시중을 받으며 차를 마시고 있는 검엽을 볼 수 있었다.

방문자들은 노군휘와 낭후가 포함된 칠인의 용병 문파 수뇌들이었다.

검엽을 본 그들은 몇 가지 점에서 경악했다.

첫째는 검엽의 나이가 생각보다 너무 어리다는 것, 두 번째는 그의 미모가 천하에 짝을 찾기 어려울 정도라는 것, 그리고 마지막으로 피의 바다를 이룩했다는 악명이 전혀 믿어지지 않을 만큼 기품이 범속하지 않다는 것에.

검엽은 곽호의 안내를 받고 온 일곱 명의 사내가 자신을 향해 허리를 깊이 숙여 인사하는 것을 지켜보았다.

늘 그렇듯 감정을 읽어낼 수 없는 눈길이었다.

곽호와 섭소홍도 정자의 입구 양편에 시립하고 서서 검엽과 함께 낭후 등을 보았다.

일곱 명이 조금이라도 이상한 행동을 한다면 그들은 한 치를 움직이기도 전에 시신이 될 터였다.

자리를 주선한 곽호는 물론이거니와 섭소홍의 눈빛도 삼엄하기 이를 데 없었다.

표면상 일곱 명의 수장이라 할 수 있는 낭후가 마치 선창이라도 하듯 말했다.

"지존을 뵙습니다."

여섯 명이 그 말을 그대로 복창했다.

일곱 명의 머리가 지면에 닿을 듯 아래로 내려갔다.

그들이 도착한 후 한 것이라고는 자신들과 활동 지역에 대한 간략한 설명, 그리고 방금 전 한 복창이 다였다.

일곱 사람 중 입을 여는 사람은 아무도 없었다.

그들이 방문한 의도를 이보다 더 정확하게 표현할 수 있는 말은 없는 것이다.

이제 남은 것은 검엽이 그들을 받아들이느냐 내치느냐 뿐이었다.

검엽은 훤하게 보이는 곽호의 뒤통수를 일별하며 쓴웃음을 머금었다.

양자택일을 강요당하는 느낌이 든 것이다.

낭후부터 차례로 일곱 명을 훑어나가던 그의 시선이 노군휘의 정수리에서 잠시 멈췄다가 다시 움직였다.

그는 찻잔을 들어 한 모금을 마셨다.

용정의 향이 입안에 가득 찼다.

물기있는 것이면 맹물이든 차든 상관하지 않는 검엽이 용정을 마시게 된 건 섭소홍과의 만남 이후였다.

격에 맞는 차를 마셔야 한다며 섭소홍이 고집을 부렸던 것이다.

'어젯밤 객잔에서 저들이 나누는 대화에서도 느낀 것이지만 노군휘라고 했던가. 머리가 좋은 자다. 드러난 내 성향을 정확하게 파악하고 있다. 게다가 숨기고 있는 능력 또한 다른 자들과는 차원이 다르고. 곽호와 섭소홍도 눈치를 채지 못한 모양인데.'

재차 노군휘를 향하는 그의 눈가에 언뜻 서늘한 기운이 감돌았다. 그러나 그 기운은 외부로 표출되지 않았다.

강호상에 알려진 그의 행보는 패도의 극치였다.

대체로 패도적인 인물들은 구구절절한 설명이나 우회적인 떠봄보다는 정면에서 의사표시를 하고 관철하는 것을 선호하는 경향이 강하다.

검엽이 통상의 패도를 걷는 인물이라면 아마도 일곱 사람의 태도를 더 좋아했을지도 몰랐다.

그러나 검엽은 왕도니 패도니 하는 것과는 애초부터 아예 상관이 없다.

왕도와 패도는 치세(治世)와 불가분의 관계가 있고, 이를 성취하기 위해서 사용 수단에 대한 정교한 나름의 관점이 필요하다.

그런데 검엽은 치세를 염두에 둔 적이 없다.

정복과 지배, 군림은 그와는 접점이 없는 말들이었다.

그의 행태에 대한 다른 사람의 평가가 어떠하든 그는 그저 자신의 길을 자기 방식대로 가는 사람일 뿐이었다.

'곽호도 저자와 싸우면 승리를 장담하기 어렵다. 내기의 흐름이 광명정대하고 밝은 것을 봐서는 정파계열의 무공인데… 성격은 음험하다. 돼지 목에 진주 목걸이를 건 격이로구만. 누가 이런 자를 키웠을까? 천공삼좌와 비교해도 크게 뒤지지 않는 이런 자를 보낼 저력을 총련이 갖고 있다고는 생각되지 않고. 암중에 숨어 있는 자들이 보낸 자인가?'

그의 눈빛이 깊어졌다.

'하지만 저자의 두상은 전형적인 반골상이다. 게다가 숨긴 기세는 독존적이고. 저런 자는 천성적으로 남의 밑에 있지 못한다. 그런 고수가 정체를 숨기고 내게 머리를 숙인다… 나를 이용하겠다는 의도인데. 내부의 적이라… 장단을 맞춰주는 것

도 괜찮겠지. 속생각이 어떻든 어느 선까지는 도움이 될 수 있는 능력을 가진 자라는 건 분명하니.'

검엽은 이를 드러내고 소리없이 웃었다.

노군휘가 어찌 알 수 있겠는가.

눈앞에 차를 마시며 앉아 있는 절세의 미청년이 타인의 내부, 심지어 기의 흐름까지도 손안의 눈금처럼 볼 수 있는 신안(神眼)의 소유자라는 것을.

정원은 고요했다.

검엽이 말을 하지 않는 이상 먼저 입을 열 수 있는 사람은 없는 것이다.

사란이 빈 잔에 찻물을 다시 채우려 할 무렵.

검엽의 시선이 낭후를 향했다.

일곱 사람의 내부에 존재하는 힘의 역학 관계는 이미 파악했다. 하지만 모른 척할 필요가 있었다.

검엽은 일부러 빈틈을 드러내는 수고를 할 생각은 없었다. 그러나 적당한 수준까지는 보조를 맞출 의향이 있었다.

노군휘는 검엽이 처한 상황의 일면을 아주 정확하게 보았다.

검엽은 지금 수족처럼 움직여 줄 사람이 필요했다.

그는 낭후에게 말했다.

"낭후."

낭후는 고개를 번쩍 들었다.

그의 얼굴에는 갑작스런 부름에 조금 놀란 기색이 엿보였다.

얼떨결에 고개를 든 그는 검엽의 무심한 두 눈과 마주치고는 안색이 희게 변해서 들 때보다 배는 빠른 속도로 고개를 숙였다.

검엽의 두 눈엔 감정이 실려 있지 않은 대신 사람으로서는 감당하기 어려운 막대한 기세가 담겨 있었다.

그는 가늘게 떨리는 음성으로 대답했다.

"예, 지존."

"그대들은 내게 무엇을 원하는가?"

고개를 숙인 낭후의 얼굴이 긴장으로 새파랗게 굳어졌다.

그는 검엽이 자신을 시험하고 있다고 생각했다.

"제가 감히 지존께 무엇을 원할 수 있겠습니까. 지존께서 원하시는 일을 하고자 할 뿐입니다."

검엽의 입끝이 미묘하게 비틀렸다.

"내가 원하는 일이 그대들의 원하는 바와 일치된다는 뜻으로 이해해도 되겠군."

짧은 중얼거림.

이번에 안색이 변한 자는 낭후가 아니라 노군휘였다.

검엽의 말에 여러 의미가 담겨 있는 듯했는데, 일시지간 그 뜻을 헤아릴 수가 없었기 때문이다.

그의 생각은 이어지지 못했다.

검엽이 후려치듯 물었기 때문이다.

"검군에게 듣기로 그대들이 사람을 모을 수 있다고 하던데 얼마나 모을 수 있는가?"

"급하게 모은다면 오백가량입니다만 시간을 충분히 주신다면 삼천까지도 가능합니다."

"충분한 시간이라……."

뜸을 들이던 검엽이 말했다.

"최대한 빨리 사람을 모으도록. 그대들이 해주어야 할 일이 있다."

낭후가 고개를 숙였다.

"최선을 다하겠습니다."

"오는 자는 가려도 떠나는 자는 막지 않는다. 내가 뒤를 맡길 수 있는 사람들이기를 바란다."

그의 눈길이 곽호를 향했다.

"검군."

"예, 지존."

새로이 합류할 사람들의 앞이었다.

곽호는 주공이 아닌 지존을 호칭으로 썼다.

검엽의 권위를 세워야 한다고 생각했기 때문이다.

"저들의 관리는 네게 맡기겠다."

"존명."

곽호에게서 시선을 뗀 검엽이 섭소홍을 불렀다.

"혈후."

"예."

"그대는 모이는 자들을 지휘해서 이 일을 진행하도록."

검엽은 품 안에서 반듯하게 접은 종이 한 장을 꺼내어 섭소홍에게 건넸다.

태산의 만남 이후 그녀에게 무언가를 시킨 적이 없는 검엽이다.

섭소홍은 흥분으로 상기된 얼굴로 검엽의 손에서 종이를 받아 들었다.

그녀가 무엇을 묻기도 전에 검엽이 말했다.

"오백 정도면 급한 대로 일을 진행할 수 있을 것이다. 그 안에 그대가 해야 할 일이 적혀 있다. 진행을 어떻게 할지는 전적으로 그대의 몫. 필요하다면 그대가 지휘할 자들 중에 쓸 만한 자들을 옆에 두고 상의하도록 해라."

누구의 말인데 토를 달까.

섭소홍은 고개를 숙였다.

"존명."

검엽과 쌍마존의 대화를 듣고 있던 낭후와 노군휘 등은 숨도 크게 쉬지 못했다.

쌍마존은 당대 마도의 지배자인 군림마제 혁세기와 비견되는 마도의 거물들이었다.

그런 희대의 마도고수들이 말 잘 듣는 어린아이처럼 굴고 있었다.

어느 정도 마음의 준비를 하고 왔음에도 불구하고 받아들이기 쉽지 않은 광경이었다.

검엽은 가볍게 손짓을 했다.

볼일이 끝났다는 뜻.

곽호와 섭소홍은 낭후 등을 데리고 정원을 떠났다.

잠시 생각에 잠겨 있던 검엽이 시선을 들어 사란을 보았다.

"너는 아무것도 묻지 않는구나."

예상치 못한 질문이었다.

그런데도 사란은 단아한 미소를 지을 뿐 놀란 기색이 없었다.

일전 검엽이 먼저 그녀를 부른 후로 나타난 변화였다.

"궁금한 것이 없으니까요."

정가장밖에 모르고 살다가 세상으로 나온 그녀가 궁금한 것이 없다는 것은 이해하기 어려운 말이었다.

그의 주변에서 일어나는 일들은 범인이 백 년을 살아도 한 번 겪을까 말까한 일들이 비일비재했다.

어떻게 궁금하지 않을 수가 있을까.

그러나 검엽은 사란의 말을 온전히 이해할 수 있었다.

그것이 그의 마음을 무겁게 했다.

사란이 궁금하지 않다는 건 검엽을 완벽하게 신뢰하기 때문에 가능했다.

사란은 검엽이 하는 모든 일에 대해 그 자체로 완전하다고 믿고 있는 것이다.

어찌 보면 어리석다고 할 수 있을 정도로 검엽에 대한 사란의 신뢰는 맹목적인 측면이 있었다.

아무런 대가도 요구하지 않는 완전한 신뢰.

검엽 인생에 두 번째로 만난 특별한 경험이었고, 첫 번째와 비슷하면서도 완전히 다른 경험이었다.

첫 번째 경험은 우정이었고, 이번은 …사랑이었으니까.

정자에서 보낸 검엽의 이날 하루는 의외로 길었다.

오전의 만남이 끝이 아니었다.

오후에도 찾아온 사람들이 있었던 것이다.

그리고 그 사람들은 검엽에게 대단히 중요한 의미를 가진 사람들이었다.

그를 찾아온 사람들, 그들은 검엽의 심부름을 한 위무양, 그리고 이천룽을 비롯한 척천산장 와호당의 네 노인이었다.

이천룽 등과 함께 온 사람들도 있었다.

뜻밖에도 하오문주 기호성이 그들 중에 있었고, 검엽의 소림행 이후 가까이 머물기는 해도 일정한 거리를 유지하던 몽완도 그들과 함께 왔다.

몽완은 현재 검엽과 관련된 모든 정보망을 총괄 지휘하는 위치에 있었다. 낙양 인근에 배치된 개방 제자들의 지휘권을 그가 갖고 있는 것이다.

도종렬이 직권으로 그를 중용한 덕분이었다.

장로직을 때려치우고 개방을 떠날 때 도종렬을 비롯 다른 장로들과 얼굴을 붉히며 떠난 몽완이었다.

그 후 그는 개방에 전혀 신경 쓰지 않으며 세월을 보낸 사람이다. 그래서 도종렬이 그를 중용하는 것에 대한 개방 내 반발이 만만치 않았다.

하지만 도종렬은 모든 반발을 묵살했다.

개방 내에서 검엽과 선이 닿을 수 있는 인물은 몽완이 유일했으니까.

검엽을 방문한 사람들과 몽완이 함께 올 수 있었던 것에는 개방 내에서 그의 위상이 크게 변했다는 속사정이 있었다.

몽완과 기호성은 서로의 존재를 모르려야 모를 수 없는 사람들이었다.

기호성이 낙양에 들어오는 순간 개방은 그의 존재를 알아차렸고, 검엽과 기호성의 관계를 알고 있는 몽완이 그를 만났다.

이천릉을 먼저 찾은 사람도 몽완이었다.

이천릉과 몽완은 생사지교라 할 수 있는 친구지간이다.

이천릉이 낙양성에 접근할 때부터 몽완은 그의 존재를 알고 있었다.

기호성이나 이천릉이나 그 움직임은 검엽과 연관되어 있을 수밖에 없는 사람들이었다.

개방이 그들을 주목하는 건 정보를 주된 밥벌이 수단으로 택한 개방으로서는 자연스러운 일이었다.

오치르, 남옥령만이 빠졌을 뿐 새로 합류한 낭후 등을 포함한 검엽 일행 전부가 정원에 모였다.

이천릉 등은 그렇게 맞이할 자격이 충분한 사람들이었다. 그리고 검엽이 품은 복안도 있었고.

정자에 둘러앉은 검엽과 네 노인의 대화를 들으며 쌍마존과 진애명은 넋이 반쯤 나갔다.

그들이 아는 한 지금까지 검엽에게 반말을 하는 사람은 몽완이 유일했다.

그런데 그런 사람이 한꺼번에 네 명이나 늘어났다.

무림 중의 배분과 명성이야 네 노인보다 쌍마존이 월등히 높다.

무공도 마찬가지다.

그러나 검엽과의 관계는 네 노인이 훨씬 깊다.

네 노인이 검엽에게 반말을 한다고 겁을 줄 수 있는 입장이 아닌 것이다.

이천륭은 십수 년 만에 이루어진 어수선한 만남의 시간이 지난 후 진물이 흐르는 눈으로 검엽과 그 옆의 사란을 돌아보며 혀를 찼다.

"생긴 건 그때보다 더 멀끔해져서 깎은 밤송이보다 더 맑구만. 손에 피 한 방울만 묻어도 기겁할 것만 같은 얼굴인데 손 속은 왜 그리 과해진 거냐?"

검엽은 쓴웃음을 머금었다.

"세월이 흐른 때문일 겁니다."

"선문답하냐?"

툴툴거리며 되물은 건 장현이었다.

검엽은 대답하지 않았다.

운려의 죽음에 얽힌 사연을 이미 알고 있는 이들이었다.

그는 굳이 설명해야 할 필요를 느끼지 않았고, 저들 또한 굳이 답을 듣고자 하는 기색들이 아니었다.

지금 그들이 나누고 있는 대화는 회포를 푸는 이상의 의미를 갖고 있지 않았다.

그것을 그도 알고 네 노인도 알고 있었다.

검엽이 이천룽에게 물었다.

"데리고 온 무사들이 있습니까?"

이천룽은 고개를 끄덕였다.

검엽은 어릴 때부터 이랬다. 그에겐 상세한 설명이 필요없는 것이다.

"몇입니까?"

"일천."

이천룽은 짧게 대답했다.

검엽은 탄식하며 말했다.

"중원에 들어와 듣기로 산장의 사정이 좋지 않다고 하던데 장주가 무리를 했군요."

"조금 힘들기는 했지만 무리라고 할 수 있을 정도까지는 아니다. 오래전부터 키우고 있던 수하들이거든."

이천룽의 대답은 묘한 구석이 있었다.

검엽은 미간을 살짝 찡그렸다.

이천룽이 오래전이라고 할 정도면 십 년 그 이전이라고 봐야 했다. 그리고 그때는 검엽이 산장에 머물 때다.

그가 말했다.

"몰랐습니다."

이천룡의 눈에 그늘이 졌다.

"네가 아는 게 뭐가 있냐? 와호당 너머에 있는 것에는 관심 자체가 없던 사람이 네가 아니냐."

검엽과 함께했던 날들이 떠오른 것인지 말하는 이천룡의 입가에 미소가 떠올랐다. 그러나 그 미소에는 쓸쓸한 기색이 깃들어 있었다.

그가 말을 이었다.

"그러니 네가 모르는 것이 당연하다. 일천 무사의 존재를 아는 사람은 산장을 통틀어 다섯도 되지 않았으니까. 장주는 그들을 단목천조차 눈치채지 못할 만큼 은밀하게 키웠다. 나중에 운려에게 물려줄 생각으로……."

"려아에게 말입니까?"

이천룡은 고개를 아래위로 주억거리며 말했다.

"려아는 특별한 아이였지. 성격도 꿈도… 알지?"

"…예."

"장주는 산장을 무맹의 오대주력 세력 가운데 하나로 키운 탁월한 인물이다. 그런 사람이 자신의 피를 이은 딸이 무슨 생각을 하고 있는지 모를 리 있겠느냐? 소 장주는 려아를 무맹의 차차기 맹주로 밀 뜻을 갖고 있었다. 려아는 여자이면서도 사람을 끄는 매력이 있었고, 재능이 넘쳤어. 그런 려아가 맹주가 되면 그 아이가 꿈꾸던 무림을 실현시킬 가능성이 있었다."

이천룡은 크게 숨을 들이마셨다.

감정이 격해지려는 것을 진정시키기 위해서였다.

그가 말을 이었다.

"장주는 려아가 설령 무맹의 맹주가 되지 못하고, 또 맹주가 되어 꿈을 실현하는 것에 실패한다 할지라도 그 시도 자체가 의미있다고 보았다. 려아가 자유로운 무사들의 무림을 어떻게 꿈꿀 수 있었겠냐? 그건 소 장주의 영향이었다. 소 장주가 꿈꾼 무림이 그러했기에 그의 딸인 려아가 큰 영향을 받을 수밖에 없었던 것이지. 그래서 소 장주가 키운 게 일천 명의 무사였다. 려아의 실질적인 힘이 되기를 바라는 장주의 깊은 뜻이 저들 속에 있는 것이지. 긴 세월을 둔 포석이었는데… 려아가 그렇게 가버리면서 장주의 꿈도 스러졌다. 십여 년간 계속된 단목천의 핍박 속에서 장주는 저들을 지켜내기 위해 최선을 다했다."

검엽의 눈빛이 깊어졌다.

어렴풋이나마 검엽의 눈에서 감정을 읽어낼 수 있는 몇 안 되는 사람들 중의 한 명이 이천룽이다.

그는 고개를 끄덕였다.

"그래, 우리가 장주에게 말했다. 네가 돌아올 거라고. 너는 반드시 돌아와 려아에게 어떤 일이 있었는지 알려줄 거라고. 그때 일천 무사가 쓰임새가 있을지 모르니 그들을 지켜내야 한다고. 소 장주는 우리의 말에 귀를 기울여 주었다. 그 결과가 오늘이다."

검엽은 가슴이 타는 듯한 느낌에 이를 악물었다.

염두에 두지도 않았던 일이었다.

사람들의 뇌리에서 잊혀졌다고 생각하며 보낸 세월이 아니던가.
그런데 그를 믿고 기다려 온 사람들이 있었던 것이다.
그래서일까.
검엽은 운려가 더 그리웠다.
그의 모든 것을 있는 그대로 받아들였던 유일한 친구가.
그리고 그리움의 대상이 이 세상에 없다는 현실이 그의 마음을 송곳처럼 헤집었다.
사람들의 안색이 변했다.
뼈를 깎고 살을 바르는 소름 끼치는 살기가 한순간 정원을 가득 채웠기 때문이다.
"엽아……."
떨리는 음성으로 검엽을 부른 건 개산권 노굉이었다.
노굉은 익힌 무공 탓인지 네 노인 중 가장 거친 언사를 쓴다. 그러나 속정이 가장 깊은 사람도 그였다.
그런 성격 덕분에 그는 검엽의 심정이 어떤지를 한눈에 알아차렸다.
살기가 씻은 듯 사라졌다.
"추태를 보였습니다."
검엽은 쓸쓸한 어조로 말했다.
노인들은 동시에 고개를 저었다.
그리움이 추태일 수는 없다.
분위기가 진정되자 구양문이 물었다.

"그런데 왜 무맹이나 철기문으로 먼저 가지 않는 것이냐?"

다른 노인들도 의문이 담긴 시선을 검엽에게 던졌다.

오는 내내 그들의 마음을 사로잡았던 질문을 구양문이 한 것이다.

검엽은 구양문을 본 후 네 노인과 차례로 눈을 맞추었다. 그리고 말했다.

"단목천의 순서는 정무총련과 군림성을 무너뜨린 다음입니다. 그는 기다림 속에 점증되는 공포가 무엇인지 절실하게 깨닫게 될 겁니다."

노인들의 안색이 돌처럼 굳었다.

검엽이 무슨 생각을 하고 있는지 이해하지 못한 사람은 없었다.

이천릉이 위무양을 힐끗 본 후 침을 삼키며 말했다.

"위가에게 얘기를 들었다. 정말 삼패세 전부를 상대로 싸울 생각이냐?"

검엽은 담담해진 얼굴로 고개를 끄덕였다.

과장도 없었고, 각오에 찬 눈빛 같은 것도 없었다.

네 노인은 동시에 한숨을 내쉬었다.

검엽은 변했지만 또 변하지 않았다.

네 노인은 동시에 한 가지 사실을 분명하게 깨달았다. 그것은 더 이상의 질문이 의미가 없다는 것이었다.

이천릉이 굳은 어조로 말했다.

"옛이야기를 하려면 한도 끝도 없다. 장주는 우리와 일천 무사의 생살여탈권을 네게 맡기겠다고 했다. 우리가 해야 할 일을 말해다오."

검엽은 찻잔에서 손을 떼고 허리를 폈다.

물처럼 고요하면서도 태산처럼 장중한 기세가 단숨에 좌중을 휘어잡았다.

검엽은 이천룡의 기대와는 달리 지시가 아닌 질문을 했다.

"장주가 어르신들을 저에게 보낸 걸 무맹에서 알고 있습니까?"

왜 이런 질문을 하는지 쉽게 이해할 수 없어서 이천룡은 고개를 갸웃하며 대답했다.

"모르고 있을 거다. 밖에서 볼 때 산장은 쇠락할 대로 쇠락해서 수년 전부터 무맹은 장주와 산장에 대한 감시를 최소화시켰거든."

검엽은 고개를 끄덕이고 몽완을 보았다.

"총련에서는 이 노야 등이 낙양에 온 것을 알고 있습니까?"

"종자온이 어떤 인물인데 일천 명이 모여드는 것을 놓치겠느냐."

알고 있다는 뜻이다.

검엽이 말했다.

"총련이 알아차렸다면 무맹도 이 노야 등이 낙양에 와 있다는 걸 오래지 않아 알게 되겠군요."

몽완이 그의 말을 받았다.

"낙양 인근에 산운전의 세작들도 많이 깔렸다. 조만간 알게 되겠지."

"총련이 알게 되는 시간을 최대한 늦출 수 있다면 얼마나 늦출 수 있습니까?"

몽완은 이맛살을 찌푸렸다.

이천룽과 마찬가지로 질문의 속뜻을 알아차리기 어려웠던 것이다.

"글쎄다. 우리가 훼방을 놓는다면 늦출 수 있긴 하다만 그래도 두 달을 넘기기는 어렵다. 산운전주 곽주명은 능력이 있는 사람이야."

"두 달……. 그 정도 시간이면 충분합니다. 산장 사람들이 산운전에 노출되지 않도록 개방에서 신경을 써주십시오."

사람들의 안색이 변했다.

검엽이 남에게 온전한 형태의 부탁을 하는 걸 처음 보았기 때문이다.

그는 부탁을 해도 들어주지 않을 수 없는 상황을 만들어 부탁이라는 느낌이 전혀 들지 않게 하는 사람이 아니었던가.

검엽의 속내를 읽을 수 없어 답답해하던 이천룽이 물었다.

"대체 왜 그러느냐?"

검엽의 바다처럼 깊은 두 눈이 이천룽을 향했다.

"소 장주가 서신을 산장의 요인 분들에게 공개를 했죠?"

"당연한 일이 아니냐? 모두가 얼마나 운려의 소식을 알고 싶어했는데……."

"소 장주는 물론이고 산장의 요인 분들이 전부 이성을 잃을 정도로 분노했겠군요."

"물론이다. 싸우다 죽더라도 무맹과 한판 벌여야 한다는 사람들을 우리가 말리느라 죽는 줄 알았지."

검엽이 탄식했다.

"제 잘못이 큽니다. 운려의 소식을 들은 소 장주가 노하리라는 건 알았지만 소 장주가 이만한 규모의 무사들을 키웠다는 것도, 제게 보내리라는 것도 예상하지 못했습니다. 산장이 이런 전력이 있고 또 저를 돕는다는 것을 알게 되면 무맹은 산장을 공격할 겁니다."

사람들의 안색이 변했다.

검엽이 말했다.

"등을 노리는 칼을 두고 적을 상대할 만큼 단목천이 무능한 자가 아니라면 말입니다. 그러니까 어르신들이 저와 함께 있다는 것은 총련이 무너지는 날까지 알려져서는 안 됩니다. 그때 이후엔 무맹도 산장을 신경 쓰지 못하게 될 테니 상관없습니다만."

이천릉이 데리고 온 무사가 일천이라고 했을 때 검엽이 탄식을 한 이유가 이것이었다.

하지만 이미 벌어진 일이다.

타박해서 무엇하랴. 수습이 중요했다.

소진악도, 이천릉도, 산장의 모든 사람들도 검엽이 자신을 도울 무력을 필요로 하지 않는다는 것을 상상조차 하지 못했을 터였다.

검엽의 시선이 몽완과 기호성을 향했다.

"네 분은 수하들과 함께 이곳까지 오며 그랬던 것처럼 제가 부를 때까지 은신해 계십시오. 최대한 사람들의 눈에 뜨이지 않도록 주의하시면서요. 개방과 하오문이 정보를 교란시켜 줄 거라고 믿겠습니다."

이천룽과 세 노인은 고개를 끄덕였다.

몽완도 당연한 일이라는 듯 고개를 끄덕였다. 하지만 기호성은 뜨악한 얼굴이었다.

몽완에게는 부탁의 형식이고, 자신은 그냥 알아서 하라는 식이 아닌가. 하지만 기호성은 자신이 검엽의 부탁(?)대로 하리라는 걸 알고 있었다.

천하의 정세가 변하는 일이었다.

처음에 그는 검엽에 의해 협박당하는 기분까지 느끼고 있었지만 지금은 조금 달랐다.

그는 자신이 무림사상 드문 대격변기의 한복판에 발을 디디고 있다는 것을 자각했던 것이다.

그래서 낙양을 찾아왔고.

몽완과 기호성을 돌아본 검엽은 두 사람의 기색이 비슷하다는 걸 알았다.

이곳으로 오며 생각을 이미 공유한 듯한 기색들이었다.

검엽은 기호성을 보며 말문을 열었다.

"기 문주, 마음을 정한 것이오?"

기호성은 입술을 지그시 물었다.

산동의 객잔에서 그는 검엽에게 생각할 시간을 달라고 요구했었다.

그가 말했다.

"이미 개방이 공자의 뜻을 받아들인 마당이 아니오? 본 문이 한 팔 거드는 것이 어떤 효과가 있을지 의문스러운 바가 있긴 하지만 어쨌든 공자의 제안을 받아들이겠소."

마지못한 듯한 수락이었다.

사람들은 검엽과 기호성을 번갈아 보며 고개를 갸웃했다.

검엽과 기호성 사이에 어떤 일이 있었는지 아는 사람은 한 사람을 제외하고는 아무도 없었다.

그는 기호성과 함께 오며 속내를 공유한 몽완이었다.

그렇지 않은 다른 사람들의 의혹은 시간이 지날수록 깊어질 수밖에 없었다.

검엽은 싱긋 웃었다.

기꺼이 수락하든 마지못해 수락하든 기호성의 내심은 중요하지 않았다.

중요한 것은 결과였다.

기호성은 그의 제안을 받아들였다.

그럼 된 것이다.

개방과 하오문의 정보망이 소문을 담당한다면 소문의 확산 속도는 의문의 여지가 없었다.

검엽의 이루고자 하는 목표는 명확했다. 그러나 그는 목표를 이루기 위한 방법을 세밀하게 계획한 적이 없었다. 그럴 필요를 느끼지 못했기 때문이었다.

그렇지만 아무 생각도 없이 움직이는 건 아니었다.

크게는 셋, 적게는 수십, 수백 개에 달하는 세력과 수만에 이르는 적을 상대해야 하는데 아무 생각이 없을 수는 없는 일이었다.

나름의 사색 이후 나온 그의 중원행은 몇 가지 구상으로 나누어졌다.

그 구상은 각기 독립하여 실행할 수도, 연계하여 실행할 수도 있었다.

그가 익힌 무공처럼 중원행의 구상도 유동적이었고 자유로웠다.

그를 알지 못하는 사람이 그의 구상을 들었다면 어이없어했을지도 몰랐다.

계획과 구상이란 철저하면 철저할수록 성공할 가능성이 높아지는데 검엽의 구상은 이루어지면 좋고 안 되도 상관없다는 식이었기 때문이다.

그러나 그 엉성해 보이기까지 하는 구상에 검엽이라는 존재가 주축이 되어 끼어들면 문제는 달라진다.

검엽은 불가능을 가능하게 만들 수 있는 초강자였다.

보통 사람과는 일에 대한 접근법 자체가 아예 차원이 다른 것이다.

그가 구상한 중원행은 크게 보면 세 가지로 나뉜다.

첫 번째는 소문.

두 번째는 삼패세의 주력 문파가 아닌 문파들의 일제 봉문.

세 번째는 삼패세 내부의 반란과 검엽 혹은 다른 사람을 중심으로 한 외부 세력의 결집과 그것을 통한 난세 유도.

검엽이 구상한 첫 번째는 개방과 하오문의 협조, 그리고 쌍마존을 얻은 인연으로 예상보다 훨씬 더 수월한 진행이 가능해졌다.

그리고 사실상 폐기 직전에 있었던 구상의 두 번째와 세 번째도 낭후 등과 척천산장의 무력이 합류함으로 인해서 되살아났다.

두 번째의 실행에는 많은 인원이 필요했다.

그러나 개방이나 하오문을 두 번째의 실행에 투입할 수는 없었다.

실행에 투입할 사람들은 그의 명령이라면 목숨을 도외시하고 따를 만큼 충성스러워야 했다.

실제로 죽을 가능성이 대단히 높았기 때문이다.

개방이나 하오문이 검엽의 제안을 받아들였다고 해서 그를 위해 제자들의 죽음까지 감수할 가능성은 없었다.

세 번째도 사실상 첫 번째 상대인 정무총련을 상대로 싸우는 국면에서는 기대하기 어려운 일이라 판단하고 다음을 기약하며 마음속에 묻은 상태였다.

그는 정무총련이 무너진 후에야 세 번째 움직임이 가시화될 수 있을 거라고 생각했다.

삼패세가 건재한 상태에서는 누구도 그들에게 반기를 들지 않을 거라고 판단했던 것이다. 반기를 들기에 삼패세의 저력은 너무 강했으니까.

삼패세 중 하나의 세력이라도 무너져야 했다. 그 후에는 변화가 일어날 수밖에 없는 상황이 전개될 터였다.

무주공산이 된 강북의 패권을 차지하려는 움직임.

군림하던 세력이 사라지면 군웅할거의 시대가 온다.

과거의 역사에서 어렵지 않게 찾아볼 수 있는 필연적인 수순이 아닌가.

검엽의 시선이 기호성과 몽완을 번갈아 훑었다.

그가 말했다.

"두 분이 퍼뜨릴 소문의 내용이 좀 더 많아졌소. 처음 부탁드린 것은 나에 대한 것이었지만 이제는 나와 함께 움직이는 사람의 수가 늘어났지. 저들에 대한 소문도 부탁하오. 물론 산장의 분들은 제외요."

검엽은 낭후 일행을 눈짓으로 가리키며 말을 이었다.

"가능하면 내 주변에 추종자들이 구름처럼 모여들고 있다는 식으로 소문이 났으면 하오. 무서운 속도로 세력이 커지고 있어서 시간이 흐르면 누구도 함부로 할 수 없는 세력이 될 거라고 말이오. 그럼 삼패세의 대응 방식도 좀 더 빠르고 적극적으로 변하지 않겠소?"

몽완과 기호성은 한숨을 내쉬었고, 낭후와 이천룽 일행은 안색이 변할 정도로 놀랐다.

검엽의 말은 그들의 예상과 멀어도 너무 멀었다.

삼패세와 견줄 만큼 안정된 세력이 구축될 때까지 감추어도 시원치 않을 형국이 아닌가.

그들의 정체가 과장되게 드러나면 삼패세는 긴장하게 될 것이고, 그들은 전열을 정비하기도 전에 제거될 터였다.

상식적인 사람은 누구나 그렇게 판단하리라.

이곳에 있는 사람들이 놀란 이유도 그렇게 판단했기 때문이었고.

그들은 모르는 것이다.

삼패세가 검엽의 주변을 주목하고 대응하려 할 때는 이미 손을 쓸 수 없는 상황이 되어 있을 거라는걸.

검엽은 그렇게 만들 자신을 갖고 있었다.

몽완은 자포자기하고 싶은 심정이 되었다.

빙궁과 청랑파, 소림사가 무너진 마당이다.

저 광오함을 누가 막을 수 있을 것인가.

그가 늘어진 어투로 물었다.

"그래. 너를 고금에 드문 대마두로 소문내마. 그런데 네가 이런 대혈사를 벌이는 이유에 대해서는 뭐라고 소문을 낼까? 네가 황보가에서 했던 얘기를 사람들은 믿지 않는다. 기존의 무림 질서를 붕괴시키고 새로운 질서를 만들어내는 자들에게 판을 깔아주려 한다는 그 말, 너는 진심이었을 거라 생각한다. 그러나 사람들은 너와 같은 이유로 움직이는 강자를 지금까지 본 적이 없다. 그들이 납득할 만한 이유가 필요해. 사람들에게 적극적으로 너를 막아야겠다는 생각이 들게 만들기 위해서는 말이다."

검엽은 고개를 끄덕였다.

몽완의 말은 옳았다.

보통 사람이 보통 사람이라 불리는 건 그들이 바라보는 세상이 좁고 이해의 정도가 낮기 때문이다. 그것을 벗어난 사람들은 비범하다고 불린다.

그가 말했다.

"천하를 정복할 야심에 불타고 있다고 하십시오. 천하의 강자와 강세를 모두 쓰러뜨리고 그 자리에 나만의 무림제국을 건설해서 천하무림을 지배할 대야망에 불타는 미친 대마두라고 하면 더 좋겠군요."

이제는 몽완과 기호성뿐만 아니라 다른 사람들도 내심 혀를 내두르며 고개를 저었다.

그들이 살아오는 동안 어디서 이런 사람을 만난 적이 있었겠는가.

몽완이 눈초리를 가늘게 뜨며 검엽에게 물었다.

"무림을 일통할 의향이 있다는 것이더냐? 없다는 것이더냐?"

"하하하하하!"

검엽은 고개를 젖히고 시원스럽게 웃었다.

사람들이 눈을 크게 떴다.

검엽이 저렇게 웃는 모습을 처음 본 것이다.

웃음을 멈춘 검엽이 말했다.

"무림 따위를 일통해서 무엇에 쓰겠습니까?"

이번에는 눈이 아니라 사람들의 입이 정신 나간 사람처럼 쩍 벌어졌다.

반문의 형태였지만 그 말에 담긴 검엽의 뜻은 분명했다.

그는 무림에 흥미가 없는 것이다.

사람들의 기색이 어떻게 변하든 검엽은 별반 관심이 없었다.

그의 눈길이 섭소홍에게 닿았다.

"혈후."

"예, 지존."

섭소홍이 정중하게 허리를 살짝 숙이며 검엽의 부름을 받았다.

"그대가 할 일이 얼마나 중요한지 이제 알겠나?"

섭소홍은 검엽과 기호성, 그리고 몽완의 대화가 진행되는 동안 얼굴에 긴장의 기색이 짙어져 갔었다.

섭소홍이 고개를 끄덕이며 대답했다.

"충분히… 이해했습니다."

몽완이 물었다.

"무슨 일이냐?"

검엽은 여전히 미소가 감도는 얼굴로 몽완을 보며 말했다.

"곧 아시게 될 겁니다. 지금은 혈후가 진행하는 일이 가시화

되면 개방과 하오문이 하는 일도 한결 쉬워질 거라는 말씀밖에 드릴 말씀이 없군요."

그는 낭후와 노군휘에게 고개를 돌렸다.

"앞으로 혈후가 진행할 일에서 그대들이 맡은 역할은 대단히 중요하다. 최선을 다하도록."

낭후 등은 고개를 숙였다.

"각골명심하겠습니다."

"세상에 대가없는 일은 없지. 그대들의 헌신은 보상을 받을 것이다."

낭후 등의 얼굴에 뜨거운 열망의 기색이 떠올랐다.

그들이 바라는 보상은 단 하나였다.

삼패세와 같은 초거대 세력에 의해 무인의 삶이 왜곡되지 않는 무림에서 웅지를 펴는 것.

검엽은 그들의 꿈을 이루어주겠다고 약속하고 있었다.

"이제 혼자 있게 해주시겠습니까?"

말은 이천룡을 향해서였지만 그 뜻은 이 자리에 있는 모든 사람에게 전해졌다.

사란을 제외한 모두가 자리에서 일어섰다.

미적거리는 사람은 없었다.

검엽을 가르친 산장의 네 노인조차 검엽을 보는 눈에 경외감이 어려 있었다.

그들이 그러한데 하물며 다른 사람들이야 말할 필요도 없는 것이다.

경외하는 자의 말을 누가 거역하겠는가.

정자는 고요함을 되찾았다.

남은 사람은 둘.

검엽과 사란뿐이었다.

검엽은 사란에게 남으라는 말을 하지 않았다.

그런데도 사란은 남았다.

이상한 것은 두 사람의 기색이었다.

검엽은 사란이 남은 것을 보고도 개의치 않았고, 사란은 검엽의 그런 기색을 당연하게 받아들였다.

변화는 검엽이 미처 의식하지 못하는 사이, 조용하지만 분명하게 일어나고 있었다.

사란은 차호를 손바닥으로 감싼 후 초연신공을 일으켰다.

적당한 열기를 담은 찻물이 어느새 비어버린 검엽의 찻잔을 채웠다.

第七章

천마검섭전

정무총련을 중심으로 하는 강북무림은 낙양으로부터 퍼지기 시작한 두 가지 소문 때문에 단숨에 초긴장 상태로 돌입했다.

낙양.

고대 여러 왕조의 도읍지이기도 했던 이곳은, 혹자들이 군림마제 혁세기보다 더한 희대의 마존이라 평가하는 인물이 머물고 있다고 알려진 이후로 전 무림의 시선을 받고 있었다.

그곳에서 듣는 이를 전율하게 만드는 가공할 소문이 흘러나왔다.

천외무적천마 고검엽.

소림혈사 이후 천외무적천마가 아닌 천마라는 외호로 불리는 그의 중원행은 중원무림의 일통과 군림 지배가 목적이라는 것이 첫 번째 소문의 내용이었다.

사람들은 아무도 웃지 못했다.

황보세가, 나아가 소림사를 단신으로 침묵시킨 절대초강고수의 의지였다.

누가 비웃을 수 있겠는가.

그것만으로도 충분히 경악스러운데 뒤를 이은 두 번째 소문은 긴장한 사람들을 불안에 떨 수밖에 없도록 만들었다.

두 번째 소문.

그것은 천마 고검엽을 추종하는 자들이 낙양으로 운집하고 있다는 것이었다.

추종자들의 수는 무서운 속도로 늘어나고 있으며, 개중에는 수십 년간 무림 중에 모습을 드러내지 않은 전대의 거마들도 적지 않게 포함되어 있다고 했다.

그렇게 모여든 추종자들을 표면상 지휘하는 자들은 마도의 전설이라는 쌍마존이라 했다.

강북무림의 제문파들은 정무총련을 향해 움직였다.

천마 고검엽은 자신의 뜻에 반하는 자들을 힘으로 침묵시키는 자였다.

그리고 일개 문파의 힘으로는 절대로 막을 수 없는 자였다.

소림사가 그것을 증명했다.

그를 상대하기 위해서는 뭉쳐야 했다.

뭉치지 않으면 복종하거나 무너지거나 양자택일하지 않으

면 안 되는 상황이 아닌가.

강북무림의 문파들이 선택할 수 있는 대안은 오직 정무총련뿐이었다.

혼란이 강북무림을 강타했다.

정무총련의 총타가 있는 섬서성 서안은 몰려드는 수많은 문파의 수뇌와 정예고수들로 가득 찼다.

그리고 이 대혼란의 와중에 은밀하게 움직이는 자들이 있었다.

*   *   *

산서성 중동부 평요.

적청은 맞은편에 앉은 사람을 힐끔거리며 다 읽은 배첩을 탁자 위에 올려놓았다.

적청의 눈빛을 느긋하게 받으며 여탁은 미소를 지었다.

흑룡검객 적청은 평요현 인근 백여 리 이내에서 첫손가락으로 꼽히는 흑룡문의 주인이었다.

흑룡문은 무림의 주목을 받는 문파라고 할 수는 없었지만 백여 년의 역사를 갖고 있었고, 문도 수가 칠십여 명에 이르러 중소 문파 중에서는 상당한 명성을 얻은 문파였다.

여탁에게 배정된 문파는 넷, 그에게 흑룡문은 세 번째 방문지였다.

적청이 침울한 얼굴로 말했다.

"봉문첩이라……. 만약 배첩의 경고를 받아들이지 못하겠다면 어찌 되는 거요?"

반 평대의 말투.

적청과 여탁은 초면이 아니었다.

금환탈 여탁은 산서와 면한 하북에서 활동하는 금환방의 부방주여서 오래전부터 면식이 있었다.

여탁은 여유가 묻어 나오는 어투로 대답했다.

"봉문을 거부한다면 멸문에 이를 것이오. 그것이 지존의 뜻이외다."

적청의 얼굴이 참담하게 일그러졌다.

흑룡문은 강북에 자리를 잡고 있어도 지금까지 정무총련에 가입하지 않은 문파였다. 그럼에도 그들은 수십 년 동안 별 탈 없이 생존할 수 있었다.

흑룡문의 문파 성향은 정사중간으로 분류된다. 하지만 적청과 제자들의 성향은 정파에 가까웠다. 그래서 정무총련도 시비를 걸어온 적이 없었다.

그것은 흑룡문의 성향과 더불어 그들의 규모가 정무총련이 신경을 쓸 만큼 크지 않았고, 정무총련의 협조 요구가 있을 때마다 흑룡문 측에서 적극적으로 협조한 때문이었다.

적청의 입술 사이로 한숨이 흘러나왔다. 그의 한숨에는 힘없는 약소 문파의 비애가 진하게 배어 있었다.

"총련에서 문도들 중에 강한 자들을 최대한 많이 뽑아 보내

달라는 서신이 도착해 있는 상황이오. 지금 우리가 봉문한다면 후일 총련이 분명 우리에게 책임을 물을 것이오. 잘 아시지 않소이까?"

여탁이 웃으며 물었다.

"문주는 총련이 지존을 이길 수 있으리라 생각하오?"

적청이 입술을 지그시 깨물며 대답했다.

"그분이 강하다는 것은 나도 소문을 들어 아오. 황보세가와 소림사가 그분의 손에 무너졌으니. 그러나 총련은 중원 정파의 연합 세력. 단신으로 그들을 상대로 승리를 쟁취할 수 있으리라 생각하기 어렵소."

여탁은 웃었다.

그는 먼발치에서 본 검엽을 떠올렸다.

그를 직접 보았다면 적청은 방금 전과 같은 말을 하지 못했을 것이다. 그러나 직접 그를 만나보지 못한 자들이 검엽을 믿지 못하는 것을 탓할 수는 없는 일이었다.

그가 말했다.

"끼어들지 말고 지켜보시오. 결과가 말해줄 것이외다."

그의 음성은 확신으로 가득 차 있었다.

적청의 눈빛이 크게 흔들렸다.

적청의 마음이 움직였다는 것을 직감한 여탁의 음성이 강해졌다.

"적 문주, 봉문이 최선이오. 정무총련과 지존의 싸움은 필연이고, 흑룡문 정도의 문파는 근처를 기웃거려 보았자 날아드는 작은 파편만 맞아도 절멸당할 수밖에 없는 천외천의 싸움이오. 속담 중에 소나기가 올 때는 일단 피하라는 말도 있지 않소?"

이어지는 여탁의 어조가 은근해지며 속삭이듯 낮아졌다.

"게다가 소나기를 피하고 난 후 생각지도 못한 기회가 올지도 모르오."

적청의 미간에 굵은 내천 자가 그려졌다.

그는 이맛살을 찌푸린 채로 물었다.

"속뜻이 있는 듯한데 내가 눈치가 부족해 알아들을 수가 없구려."

여탁은 허리를 숙여 머리를 적청과 가까이 했다.

적청도 허리를 숙였다.

두 사람의 눈이 한 자의 공간을 사이에 두고 만났다.

여탁의 눈은 용광로처럼 이글거리고 있었다.

그가 말했다.

"정무총련이 무너지는 건 기정사실과 같소, 지존은 마신처럼 강한 분이기에. 그들은 지존을 상대할 능력이 없소. 정무총련이 무너지면 강북무림은 힘의 공백이 생기게 되오."

적청은 침을 꿀꺽 삼켰다.

그의 눈이 점점 커졌다.

여탁의 말이 이어졌다.

"적 문주, 생각해 보시구려. 총련이 무너지고 육파일방과 칠대세가가 봉문하거나 멸문당하고 나면 그 힘의 공백을 메울 세력이 강북에 있겠소? 지존께서는 무림을 일통코자 하시오. 하지만 그분은 혼자시오. 마신처럼 강한 분이라도 손이 두 개고, 발이 두 개인 것은 범인과 다를 바 없단 말이오. 일통한 무림을 지배하기 위해서는 무수한 수족이 필요할 수밖에 없지 않겠소?"

적청은 떨리는 음성으로 물었다.

"흑룡문은… 중소 문파에 불과하오. 과연 그분께서 나를 불러주시겠소이까?"

"지존의 앞에 강자, 강세는 아무런 의미가 없소. 그분의 눈엔 모두가 개미처럼 하찮을 뿐이오."

여탁이 허리를 펴며 말을 이었다.

"봉문하고 지존께서 부르실 때를 기다리시오. 강북이 무너지고 난 후 천하는 마신처럼 강하신 천마지존을 맞이해야만 할 것이오. 우리는 천마지존의 수족이 되어 그분의 뜻을 천하에 전파하는 교도가 될 것이고."

"천마지존을… 숭배하는 교……. 마교(魔敎)란 말이오?"

여탁은 손가락을 세워 입술 앞에 댔다.

"천기를 함부로 누설하지 마시오, 지존께서 부르시는 그날까지. 영세를 이어갈 천년마교의 교도가 된다면 무림의 부귀와 영화가 영원히 그대와 함께하게 될 것이외다. 지존이 만들어낼 새로운 무림에서 능력이 있는 자, 뜻이 있는 자, 노력하는 자는 그에 합당한 보상을 얻게 될 것이오."

적청의 마음이 정해졌다.

여탁의 제안을 듣고 그의 마음이 쉽게 흔들린 것은 그가 중소 문파를 이끄는 입장에 있는 인물이었기 때문이다.

삼패세의 치세는 너무 길었다.

현재의 무림 형세 속에서 흑룡문과 같은 중소 문파는 무슨 짓을 해도 성장할 수가 없었다.

태어나면서 낙인이 찍힌 고대의 노예처럼 삼패세는 중심을 이룬 문파 외의 문파가 성장하는 것을 절대로 좌시하지 않았다.

그와 같은 행태는 마도와 정사중간을 걷는 군림성, 대륙무맹이나 정도를 표방하고 있는 정무총련이나 다를 바가 없었다.

그렇게 고착된 무림의 질서 속에서 흑룡문을 이끄는 적청은 심중에 쌓인 불만은 두께를 더해가고 있는 중이었다. 그 와중에 천마의 무림출도가 있었고, 이제는 그의 수하가 된 사람의 방문까지 있었던 것이다.

여탁의 제안에 마음이 흔들릴 수밖에.

*   *   *

낙양 외곽 성운장(星雲莊).

전직 조정 고관의 자택이었다는 이곳에 검엽 일행이 머문 지도 이십수 일이 지났다.

장원을 삼 개월 동안 빌리는 비용은 섭소홍이 치렀다.

돈은 검엽으로부터 나왔다. 그는 지니고 다니던 진주를 전부 팔았고 그 돈을 전부 섭소홍에게 맡겼다.

강북무림이 대경동하고 있다는 것을 알고 있음에도 불구하고 검엽은 낙양에서 움직이지 않았다.

그는 대부분의 시간을 성운장의 후원 정자에서 보냈고, 가끔 낙양의 남쪽 이수변(伊水邊)에 나가 낚시를 하며 소일하는 것이 유일한 외출이었다.

그렇다고 다른 사람들까지 그처럼 유유자적 시간을 보내지는 못했다.

아니, 밥 먹을 시간조차 부족할 만큼 정신없이 바쁜 사람들도 있었다.

노군휘는 장포의 소맷자락에 덮인 두 손을 마주 잡으며 포권했다.

섭소홍의 눈짓을 받은 노군휘는 그녀의 맞은편 의자에 앉았다.

"노 당주, 지존의 명을 받은 후 한 달이 지났어요. 일의 진행이 어느 정도까지 진행되고 있지요?"

노군휘는 조심스러운 눈길로 섭소홍을 한 번 보았다.

까마득한 후배라 할 수 있는 자신에게조차 말을 놓지 않는 그녀가 과거 손에 피가 마를 날이 없었다는 여마두였다는 걸 믿기가 쉽지 않았다.

그는 검엽을 떠올리며 부지중에 침을 삼켰다.

고검엽.

그는 사람의 형상을 한 마신이었다.

섭소홍과 곽호 같은 절대고수들의 성격을 간단하게 바꾸어 버릴 수 있는 무한의 힘을 가진 사내.

외모와 능력 모두 이미 사람의 한계를 벗어나 있다고밖에는 생각되지 않는, 가히 초인이라는 말이 어울리는 사내가 바로 그가 보는 고검엽이었다.

"일차로 봉문첩을 가지고 떠난 일백 명 가운데 임무를 완수한 자가 칠십이 명이며, 닷새 이내로 나머지 이십팔 명이 일을 마칠 것입니다. 그리고 이차로 봉문첩을 가지고 떠날 일백 명이 현재 준비 중이고 이틀 후 출발할 예정입니다. 척천산장의 인물들이 도와준다면 일을 진행하는 데 크게 도움이 되겠지만 지존께서 그들을 동원하지 말라고 하신 터라 시간이 좀 걸리고 있습니다."

"산장 사람들은 논할 필요가 없어요. 그들은 지존께서 달리 쓰실 테니까요. 봉문첩의 명에 거역하는 문파는 얼마나 되나요?"

"예상보다 많지 않습니다. 칠십 명이 봉문첩을 전달한 문파는 총 일백팔십오 개입니다. 그중 봉문첩을 거부한 문파는 불과 열하나입니다. 나머지 수하들의 임무가 끝난다 해도 거부하는 문파의 총 수는 이십 개가 넘지 않을 것으로 생각됩니다. 강북무림의 중소 문파 중 일차로 봉문첩을 전한 문파는 총 이백구십 개 문파이고, 애초 그들 중 오십여 개 문파가 거부하리라 예상한 것에 비하면 지금까지의 결과는 그리 나쁘지 않은 편입니다."

"지존의 뜻을 거역하는 게 얼마나 어리석은 일인지 아직 실감하지 못하는 자들이 열하나씩이나 되는군요."

온화한 낯빛이지만 그녀의 눈에서 흘러나오는 살기는 끔찍할 정도로 강했다.

살기에 직격당한 노군휘의 안색이 살짝 변했다.

그의 낯빛이 변한 건 살기에 놀라서가 아니라 섭소홍의 생각에 놀라서였다.

그는 예상보다 적은 거부자들의 숫자에 만족했는데 섭소홍은 그 수가 많다고 여기고 있었다.

그는 검엽이 손을 쓰는 것을 직접 본 적이 없는 사람이다.

당연히 검엽을 생각하는 마음이 섭소홍과는 다를 수밖에 없었다.

섭소홍에게 있어서 검엽은 신이었다.

그녀에게 봉문첩을 거부한 자들은 신의 뜻을 어기는 자들인 것이다.

"거부하는 자들도 오래 버티지는 못할 것입니다. 지존의 행보를 지켜보고 나서도 현재의 판단을 유지할 수는 없을 테니까요. 저들은 지금 지존께서 삼패세의 본류를 상대해야 하는 상황이라 손을 쓰시지 못하는 것을 알고 뻗대는 것입니다. 하지만 삼패세가 지존의 손아래 무너진다면 그들 정도가 어찌 지존의 뜻을 거스를 수 있겠습니까. 너무 노여워하지 않으셔도 되리라 생각합니다."

섭소홍의 눈에서 살기가 사라졌다.

그녀는 부드럽게 웃었다.

"노 당주의 일 처리가 신속하고 깔끔해서 믿음직합니다."

노군휘는 고개를 숙였다.

"감사합니다. 하지만 과분한 칭찬이십니다. 안에서 붓을 잡고 있는 저보다 밖에서 강북 전역을 돌아다니며 일하는 사람들이 최선을 다한 덕분입니다."

"지존께서 기꺼워하실 거예요. 노 당주가 얼마나 애쓰고 있는지 지존께서도 알고 계시니 앞으로도 고생을 좀 해주세요."

"제 목숨이 이미 지존께 있거늘 제가 어찌 태만할 수 있겠습니까. 신명을 다하겠습니다."

섭소홍의 거처를 나온 노군휘는 자신의 집무실로 향했다.

그가 하는 일의 총책임자는 섭소홍이었다.

검엽의 지시를 직접 받은 사람이 그녀였으니까.

그러나 한 달여가 흐르는 동안 실질적으로 일 전체를 총괄하는 사람은 노군휘가 되어 있었다.

섭소홍은 평생 동안 무리를 이끈 경험이 전무한 여인이다. 수백 명의 사람을 일사불란하게 움직여 일을 하기에는 무리가 있었다.

검엽의 지시를 제대로 수행하지 못할까 전전긍긍하던 그녀의 숨통을 틔워준 사람이 노군휘였다.

섭소홍이 받은 검엽의 지시는 봉문첩을 강호 전역의 문파에 전하는 것이었다.

반드시 봉문을 시켜야 한다는 지시는 없었다.

단지 전달만 하면 되었다.

일견 간단해 보이는 일이었다. 하지만 그 안을 들여다보면 그리 간단한 일이 아니었다.

아무리 작은 문파라도 타의에 의한 강제 봉문을 냉큼 받아들일 문파는 흔치 않았다.

무인은 자존심을 먹고사는 사람들이다.

봉문은 그런 무인의 자존심에 치명타를 가하는 일이었다.

그래서 봉문첩을 각 문파에 전달하는 과정에서 시비가 발생할 가능성이 컸고, 최악의 경우 목숨을 잃을 수도 있었다.

노군휘는 골치 아픈 문제가 언제든지 발생할 수 있는 봉문첩 전달을 현재까지 무리없이 진행시키고 있었다.

쉽지 않은 일이었기에 섭소홍은 노군휘를 높게 평가한 것이다.

집무실에 들어선 노군휘는 자신을 기다리고 있던 사람들에게 가벼운 목례로 인사를 했다.

안에 있던 사람들도 의자에서 일어나 마주 인사를 했다.

그들은 검엽을 찾은 일곱 사람 가운데 낭후와 임학, 오영계 등 세 사람이었다.

이 자리에 없는 나머지 세 명은 지금 외부에 나가 있었다.

그들 셋은 현장에서 뛰는 사람들과 노군휘를 연결해 주는 역할을 맡았다.

노군휘가 자리에 앉자 낭후가 물었다.

"노 당주, 혈후님의 기색은 어떠신가?"

"만족하고 계시오."

"흠……."

낭후는 무거운 얼굴로 침음성을 토했다.

그가 말했다.

"지금 우리가 하고 있는 일을 알게 된다면 지존과 좌우상 두 분이 어찌 나오실지. 다행히 지존께서 척천산장의 인물들을 이번 일의 진행에서 배제시켰기에 지금까지는 보안이 유지되고 있긴 하지만 천하의 개방과 하오문이 지존의 뜻대로 움직이고 있지 않은가. 우리가 아무리 비밀을 유지하기 위해 노력한다 해도 그들의 정보망이라면 우리의 활동을 머지않아 알게 될 걸세."

노군휘의 얼굴에 자신이 넘치는 웃음이 떠올랐다.

"그렇겠지요. 하지만 지금 그들은 우리의 활동에 신경 쓸 여유가 없소. 조만간 알게 되긴 할 거요. 그러나 지금 속도로 사람이 불어나면 그들이 알게 되었을 때는 아무것도 할 수 없는 상황일 것이외다. 그리고 지존의 휘하에 수천, 수만의 수하들이 생기는 일이오. 지존께서 싫어할 까닭이 없소. 분명 그분도 마음에 들어하실 것이라 확신하오. 걱정하지 않으셔도 될 거요, 낭 림주."

"천년마교……."

낮게 중얼거린 사람은 오영계였다.

그가 말을 이었다.

"너무 위험한 느낌이 나는 문파명이오. 지존께 어울리는 문파명임은 부인하지 않지만 일반인과 마도 외의 인물들과는 문파명만으로도 척을 지게 될 것이외다."

노군휘는 고개를 저으며 오영계의 말을 받았다.

"지존을 생각해 보시오. 소림의 쌍신승이 그분의 일수에 무너졌소. 절대무적의 그분이라면 그 휘하에 모인 사람들의 문파도 항거불능의 위엄이 있어야 하지 않겠소?"

"노 당주의 말씀이 일리가 있소."

노군휘의 편을 들고 나선 이는 평소 말이 없는 것으로 유명한 임학이었다.

"나는 지존을 모시는 문파명으로 천년마교보다 더 좋은 문파명은 떠오르지 않소."

그의 음성은 힘이 넘쳤다.

낭후가 그의 말을 받았다.

"노 당주, 문파명은 그렇다 치고 이 일에 대해 언제쯤 지존께 말씀드릴 생각이신가?"

"삼패세의 둘 정도는 평정된 이후가 적당하지 않을까 싶소. 지금은 지존 주위에 척천산장의 인물들을 제외하면 우리가 전부라 할 수 있지만, 좀 더 시간이 지나면 온갖 인물들이 지존께 선을 대려 할 것이오. 그런 자들을 줄 세우고 우리의 입지를 확립하기 위해서는 시간이 필요하오."

낭후 등은 고개를 끄덕였다.

방금 전 노군휘가 한 말은 그들이 검엽의 휘하에 들기 전 이미 합의한 내용이었고, 그들의 진정한 목적이었다.

그들은 야망을 가진 사람들이었지만 또한 자신들의 한계를 분명하게 알고 있고 시세 판단이 빨랐다.

그래서 삼패세의 지배가 철벽처럼 공고할 때는 자신들의 속마음을 전혀 내색하지 않으며 대세의 흐름을 따랐다. 그리고 삼패세의 지배가 흔들리는 시대가 도래하자, 그 풍운의 중심에 선 검엽의 휘하에 든 것이다.

검엽은 섭소홍에게 낭후 등을 지휘해 봉문첩을 전달하라고만 지시했다.

마교니 뭐니 하는 단체를 만들고 그 깃발 아래 사람을 모으라는 지시를 한 적도 없었다.

천년마교의 구상은 온전히 노군휘로부터 나왔다.

그는 낭후 등에게 중소 문파를 봉문시키기만 하는 것은 투입되는 인력이나 노력에 비해 그 결과가 너무 적은 것이라고 역설했다.

봉문과 함께 검엽 휘하에 들 사람들을 고르고, 그들을 하나의 문파로 조직화시킬 수만 있다면 무림사에 유래가 없는 거대 세력을 만들 수 있다는 그의 제안을 들은 여섯 사람은 그의 구상에 동의했다.

고검엽이라는 고금에 드문 절대초강고수가 존재하기에 가

능한 구상이었고, 성공 가능성 또한 컸다.

그런 세력을 만들 수만 있다면 세력 내의 자리를 선점한 그들이 후일 얻게 될 이익은 상상불허였다.

낭후와 임학, 오영계는 일각가량 더 환담을 나누다가 돌아갔다.

혼자 남은 노군휘의 입가에 음습한 미소가 떠올랐다.

'어리석은 자들. 한 달 전 기호성과 몽완을 앞에 두고 한 고검엽의 말을 듣고도 그의 성격을 아직 파악하지 못했단 말이냐. 그는 천하에 자신의 세력을 만드는 것 따위에는 일 점의 관심도 없는 자다. 그자를 끝까지 따르다간 상갓집 개와 같은 신세가 된단 말이다.'

그의 눈은 영활한 빛을 발하며 연신 번뜩였다.

'그가 왜 삼패세의 천하를 무너뜨리려고 하는지는 알 수 없다. 그러나 그가 삼패세가 무너진 후 텅 비어버린 천하의 세력 판도가 어떻게 변하든 상관하지 않으려 한다는 것은 백지 위의 먹 자국처럼 분명하다. 지금 우리가 만들고 있는 세력, 천년마교는 고검엽의 것이 아니라 우리의 것이 될 힘이다. 그대들은 그날이 올 때까지 우리를 위해 수고하는 것이고. 하지만 죽는 날까지도 그대들은 그 사실을 알지 못하리라. 알게 되는 그날이 죽는 날이니까.'

그는 입을 크게 벌리고 웃었다. 그러나 얼굴 표정만 변했을 뿐 웃음소리는 밖으로 새어 나오지 않았다.

'동료들이 연락을 기다리겠군. 하지만 아직 때가 아니다.

정무총련이 무너져야만 그들은 움직이려 한다. 아직은 고검엽이 단신으로 삼패세를 상대할 수 있을 것인지에 대해 확신을 하지 못하고 있어. 그들은 나와 달리 모험을 하려 하지 않는다.'

그는 주먹을 움켜쥐며 생각을 이어나갔다.

'정무총련이 무너진 후라면 많은 자들이 우리의 뜻에 동조하게 될 것이다. 지켜보기만 하기에는 먹을 것이 너무 많은 천하가 되어가고 있기에 자신도 발을 담가야 한다고 생각하게 될 테니까. 동료들을 끌어들이는 건 그 시점이 적당하다. 나처럼 고검엽의 휘하에 자발적으로 들어오는 모양새를 취하면 어렵지 않게 세력 내에 그들을 받아들일 수 있다.'

그의 눈가에 살기가 흘렀다.

'삼패세가 무너지는 날, 고검엽. 너는 우리에게 모든 것은 내어주고 사라지게 되리라. 그것이 너의 운명이다.'

* * *

구양일기의 보고를 받은 단목천의 눈가에 깊은 주름이 잡혔다.

"소림과 황보가를 제외한 열두 개 문파와 세가의 정예무사 일만 삼천 명이 총련에 집결을 완료했다. 소림 봉문 후 한 달 이십 일만이니 백운천의 마음이 어지간히 급했나 보구만. 번갯불에 콩이라도 구워 먹을 속도야."

나직하게 중얼거리던 그가 구양일기에게 시선을 주며 말했다.

"아무리 고검엽이 황보가와 소림사를 봉문시켰다고 해도 좀 지나쳐. 백운천이 불러 모은 전력은 사실상 총련 내 수뇌 문파들의 정예를 모조리 차출한 것이나 다름없는데, 이 정도로 그가 고검엽을 높게 평가하고 있다는 게 쉽게 이해가 되지 않아. 그는 세인들이 아는 것보다 자부심이 강하고 오만함이 극에 달한 자인데 말일세."

"하좌도 그렇게 생각합니다, 맹주님."

"자네도?"

"그렇습니다. 백운천처럼 오만한 자가 단 한 명을 상대하기 위해 일만 삼천 명의 무사를 모은다는 건 과하지요. 상대가 단신으로 소림사를 봉문시켰긴 무림사에 드문 대마존이고, 소문처럼 그의 주변에 사람이 많이 모이고 있다고 할지라도 말입니다."

"고검엽의 주변에 모이는 자들의 수가 몇이라고 했지?"

"산운전의 보고로는 이천 정도입니다. 그중 일천은 정체가 모호해서 산운전주도 그들의 정체를 파악하기 위해 애를 먹고 있습니다."

"이천……. 숫자는 꽤 되지만 주목한 만한 자들은 얼마 되지 않는다는 게 산운전주의 보고였던 것으로 기억하네만."

"그렇습니다. 대다수가 용병 출신으로, 어중이떠중이라 할 수 있지요."

"그런데도 백운천이 그처럼 정예를 소집한 이유가 무엇이라고 생각하는가?"

구양일기는 신중한 얼굴이 되었다.

백운천은 세간의 평이 어떻든 무림을 움직이고 있는 일세의 거인이었다.

함부로 입을 놀릴 대상이 아닌 것이다.

그가 말했다.

"하좌의 판단으로는… 그는 고검엽을 이용해 총련의 분열을 끝내고 싶어하지 않나 싶습니다."

무림의 정세에 정통한 자들 중에 정무총련 내부에서 정심당과 청심당이 치열한 권력 투쟁을 하고 있다는 것을 모르는 사람은 없다.

단목천은 고개를 끄덕였다.

구양일기의 판단이 설득력있다는 생각이 든 것이다.

그가 중얼거렸다.

"모두 힘을 합쳐 함께 싸운 경험은 동지의식을 키우지. 그런 의식은 상대에 대해 이해하고자 하는 노력으로 이어지고 갈등을 줄이는 역할도 하게 된다. 귀중한 경험이지."

"그렇습니다, 맹주님. 백운천은 그와 함께 황보가와 소림사를 피로 쓸어버린 고검엽이 총련 세력에도 충격을 주기를 원할 가능성이 높습니다. 전반적인 힘의 약화는 역설적이게도 수뇌부의 힘을 강하게 만듭니다. 백운천 정도의 능력자라면 그런 상황을 만들어낼 수 있습니다."

구양일기를 응시하는 단목천의 눈이 가늘어졌다.

"고검엽을 기회로 자신의 권력을 강화하겠다?"

"그런 생각을 하고 있지 않나 싶습니다. 가능한 국면이니까요."

단목천은 쓰게 웃었다.

"권력에 취한 자는 부모자식도 몰라 보게 된다는 옛 선현들의 말씀이 있지. 백운천이 정무총련을 군림성으로 만들고 싶은가 보구만."

"최고 권력자라면 누구나 바라는 이상이지 않겠습니까."

구양일기의 말에 단목천은 고개를 끄덕였다.

군림성은 십사대문파가 권력을 공유하는 정무총련이나 오대세력의 입김이 아직도 강하게 살아 있는 대륙무맹과는 달리 군림마제 혁세기라는 단 한 사람이 절대 권력을 쥐고 있는 집단이었다.

군림성에서는 어떤 논의도 혁세기의 말 한마디면 정리가 되었다.

그의 뜻에 반하는 자, 그의 눈밖에 난 자는 군림성 내에서 생존이 불가능했다.

추방이 아니라 목이 잘리는 것이다.

군림성에 속한 것은 모두 혁세기의 개인 소유와 같았다, 사람이든 물건이든.

삼패세의 쟁패가 끝난 직후 무림에는 혁세기의 첩이 일천이 넘는다는 소문까지도 돌았었다.

군림성에 적을 두고 있는 모든 여인이 혁세기의 소유였기 때문이다.

물론 실제로 그러했을 가능성은 없었다.

여인을 힘으로 취하는 것도 몇 번이지, 계속 그런 식이 되면 어떤 문파도 오래가지 못하니까.

그러나 그와 같은 소문이 날 만큼 군림성 내에서 혁세기가 지닌 힘은 무한했다.

총련과 무맹에서는 꿈도 꿀 수 없는 절대적인 권력이었다.

단목천은 백운천의 속내를 이해할 수 있었다.

그 또한 그런 꿈을 갖고 있었으니까.

그가 말했다.

"백운천이… 부럽군."

구양일기는 쓴웃음을 지으며 말했다.

"고검엽은 총련과의 싸움에서 산화할 것입니다. 백운천이 모은 힘은 백도 전체의 저력입니다. 개인으로는 신이라 해도 상대할 수 없는 힘입니다."

"그래서 부러워. 고검엽은 장강을 넘어오지 못할 게 아닌가. 그놈이 총련이 아니라 우리를 먼저 찾았다면 이번 기회에 무맹 내의 남은 두 세력의 힘을 확 뺄 수 있었을 테니까 말일세."

"그건… 그렇습니다."

단목천의 철기문과 구양일기의 구양세가를 제외하고 이미 힘을 잃은 척천산장도 논외로 하면, 무맹의 오대세력 중 남는 두 세력은 적양마곡과 백화궁이었다.

잠시 생각에 잠겼던 단목천이 물었다.

"백운천이 창천곡에 지원을 요청했을까?"

구양일기는 쉽게 대답하지 못했다.

뜸을 들이던 그는 일다향 정도가 지난 후 입을 열었다.

"고검엽이 자신을 봉황천 십방무맥 출신이라고 공표한 이상 백운천이 창천곡에 손을 내밀었을 가능성도 있긴 합니다만… 확신하기는 어렵습니다."

"왜?"

"소곡주 사마결 때문입니다."

단목천의 눈빛이 차갑게 변했다.

십이 년 전 군산에서 만났던 얼굴이 뇌리에 떠오른 때문이었다.

구양일기는 말을 이었다.

"소곡주는 그 지위에 오르기 전에도 중원으로의 외유를 즐겼고, 창천곡의 힘이 외부로 나가야 한다고 주창하던 세력의 중심 인물이었습니다. 십여 년이 흐른 지금 그가 어떻게 변했을지는 아무도 모릅니다. 백운천도 모를 것이고요. 그런 자에게 손을 내미는 것은 대단한 모험입니다. 늑대를 잡으려다 호랑이를 끌어들이는 형국이 될 수도 있으니까요."

단목천은 이맛살을 찌푸렸다.

하지만 무어라 말을 하지는 않았다.

항상 그랬듯이 구양일기의 의견은 일리가 있었다.

"산운전주에게 최선을 다하라 전하게. 강북에서 벌어지는 일이라면 어떤 것이든 단 한 가지라도 놓치면 안 된다는 말도 덧붙여서."

"알겠습니다, 맹주님."

"우리에게 정보를 주는 자의 정체는 아직도 오리무중인가?"

구양일기는 인상을 찡그리며 고개를 조아렸다.

"죄송합니다. 파악하지 못하고 있습니다. 능력있는 자에게 일을 맡겼지만 산운전의 전력이 강북에 투입되어 있어 그자를 추적하는 데 쓸 가용인원이 너무 부족합니다."

"흠. 그자가 고검엽의 가문과 봉황천에 대해 준 정보는 양과 질 모두 대단한 것이네. 그만한 내용을 알고 있으려면 분명 고검엽의 측근이나 봉황천 내부 인물일 텐데… 그자와 직접 선을 댄다면 고검엽을 상대하는 일이 한결 쉬워질 게야. 그자가 누구든 상당한 능력자이거나 강력한 세력을 이끄는 자일 가능성이 크네. 어찌 되었든 쉽지 않을 일이지. 여건이 녹록지 않은 건 아네만 노력해 주게."

"최선을 다하겠습니다, 맹주님."

잠시 침묵이 흘렀다.

단목천이 지나가는 어투로 물었다.

"혁만호는?"

"아직 뇌옥에 있습니다."

"목을 치게. 기회를 놓친 놈의 목숨을 한 달이나 연명시켜 주었으니 불만은 없을 걸세."

말의 내용이 믿어지지 않을 만큼 담담한 어투였다.

구양일기는 고개를 숙였다.

"즉시 시행하도록 하겠습니다."

단목천은 고개를 끄덕였다.

혁만호는 무맹천위대라는 정예를 끌고 가서 절반 이상의 고수를 잃고 본인도 초죽음이 되어 돌아왔다.

그의 목숨이 한 달이나 이어질 수 있던 것은 단목천의 관심이 온통 강북에 집중되어 있었던 탓이다. 단목천은 혁만호를 잊고 지내왔던 것이다.

그러나 시간이 흘렀고 단목천은 혁만호를 기억해 냈다.

그것으로 혁만호의 운명은 결정이 났다.

第八章

열이틀 만에 성운장을 찾은 몽완의 안색은 어두웠다.
 정자에서 그를 맞은 검엽의 얼굴에는 반대로 담담한 미소가 떠올라 있었다.
 검엽이 물었다.
 "걱정되십니까?"
 "농담할 기분 아니다."
 맞은편에 앉으며 말을 받는 몽완의 어투는 얼굴만큼이나 어둡고 퉁명스러웠다.
 검엽은 싱긋 웃었다.
 "청명한 날씨 아닙니까."
 그의 말마따나 늦가을에 접어든 오후의 하늘은 구름 한 점

없이 푸르고 높았다.

"태평하구나. 코앞에 일만 삼천의 정예가 목을 노리고 있는 상황인데 천색이나 살피고."

"구석에 숨어서 겁먹은 얼굴을 하고 오들오들 떨고 있는 것보다야 백 번 낫지요."

검엽의 음성에서 걱정하는 기색도, 긴장감도 전혀 찾지 못한 몽완은 어깨를 늘어뜨리며 땅이 꺼져라 장탄식을 했다.

"휴우······."

"혼란스러우신 듯합니다."

"왜 안 그러겠냐?"

몽완은 힘없이 되물었다.

그가 말을 이었다.

"솔직히 널 걱정해야 하는지 총련을 걱정해야 하는지 갈피를 잡지 못하겠다."

검엽은 흰 이를 드러내며 소리없이 웃었다. 그러나 어딘가 미안해하는 여운이 담긴 미소였다.

몽완은 정이 많은 사람이었다.

그가 자신을 만나지 않았다면 오늘과 같은 번민도 없었을 것이다.

그러나 사람의 인연이라는 것이 어디 마음대로 되는 게 있던가.

"총련에서 출발은 했습니까?"

"아직. 머릿수가 일만 삼천이 넘어. 준비가 길어질 수밖에 없지. 하지만 그들의 전열도 거의 정비되었으니 늦어도 사흘 내로 출발할 것이다."

"그럼 저도 떠날 준비를 해야겠군요."

몽완의 눈매가 파르르 떨렸다.

"꼭… 이래야만 하느냐……."

검엽은 말없이 몽완을 바라보았다.

무서운 힘이 담긴 눈길이었다.

그 눈길을 마주한 몽완은 고개를 떨어뜨렸다.

누가 저런 눈을 가진 자의 마음을 돌릴 수 있을까.

"몽 어르신, 저는 몽 어르신을 좋아합니다. 하지만 몽 어르신이 하시는 말씀 전부를 받아들일 수는 없습니다. 선을 지켜 주십시오."

여전히 담담한 말투.

하지만 몽완은 피가 배어 나올 정도로 입술을 깨물어야 했다.

검엽은 순양에서 만났을 때의 그가 아니었다.

세월은 흘렀고 그는 변했다.

몽완은 그 사실을 뼈저리게 느꼈다.

"후우. 내가 주제넘게 굴었다는 것을 인정하마."

검엽은 조용히 웃었다.

그때 정원의 한쪽이 환하게 밝아졌다.

몽완은 검엽의 눈에 온기가 감도는 것을 느꼈다.

놀라운 변화.

고개를 돌린 그는 차호와 잔 두 개가 놓인 쟁반을 들고 걸어오는 사란을 볼 수 있었다.

몽완의 눈에 경탄의 빛이 떠올랐다.

그는 정자에 들어와 차를 따르고 검엽과 그의 사이에 앉는 사란에게 말했다.

"자네는 언제 봐도 미인이야. 어떻게 이런 목석 옆에 있는 걸 보자니까 안타까움에 목이 메여와."

몽완은 언제나 이런 식이라 그의 농담에 익숙해진 사란이었다. 그녀는 풍성한 궁장의 소맷자락으로 입을 가리고 가볍게 웃었다.

"호호호."

"에휴, 웃음소리까지도 이처럼 고우니 어찌할까나."

"어르신, 사숙은 좋은 분이세요."

검엽 주변의 인물들 중 그를 향한 사란의 마음이 어떤지 모르는 사람은 없다.

몽완도 당연히 알고 있었다.

"자네한테는 그렇겠지, 킁."

퉁명스럽게 콧소리를 낸 몽완은 검엽과 사란을 번갈아 보았다.

분위기가 묘했다.

"어째 자네들 얼굴 생김새가 점점 비슷해지는 것 같은데… 기분 탓인가? 부부는 서로 닮아간다는데 혼인도 하지 않은 사람들 얼굴이 왜 닮아가지?"

사란의 얼굴은 홍당무가 되었다.

검엽도 어색한 얼굴이 되었다.

그가 말했다.

"어르신, 그 연세에 그런 흰소리를 하고 싶으십니까?"

"뭐가 어때서? 정말 닮은 사람들한테 닮았다고 하는 게 잘못된 거야?"

눙치며 되묻는 몽완의 얼굴에 은근히 놀리는 기색이 어려 있는 걸 깨달은 검엽은 내심 고개를 젓고 말았다.

그가 몽완에게 정해놓은 선은 꽤 높아서 그 선을 넘지 않는 한 몽완을 제지할 일은 없었다. 그리고 몽완의 말도 틀리지 않았다.

검엽과 사란을 가까이 하고 있는 사람들조차 두 사람이 점점 더 닮아간다는 것을 깨닫고 가끔 놀랄 정도였으니까.

일정 부분은 사람들이 제대로 본 것이었다. 하지만 그들의 시각이 꼭 옳다고 보기만은 어려웠다.

두 사람은 천하에 짝을 찾기 어려울 만큼 독보적인 미모의 소유자들이어서 은연중 비슷해 보이는데다가 검엽의 바다처럼 고요한 분위기와 맑고 밝은 사란의 분위기가 절묘한 조화를 이루고 있기에 그런 느낌을 받는 측면도 있었던 것이다.

농을 하던 몽완의 분위기가 진지해졌다.

그가 입을 열었다.

"사형은 네가 중소 문파를 우선 봉문시키기 위해 사람들을 보낸 것을 못마땅해하지만, 나는 잘했다고 생각한다. 그들이 끼어드는 건 고래 싸움에 새우 등 터지는 일밖에 되지 않으니까. 덕분에 총련의 무사 수급에 문제가 좀 생기긴 했지만 말이다."

두 달여 만에 강북무림에서 무사들을 볼 수 있는 곳은 섬서성밖에 없다는 말이 전 무림에 퍼질 정도로 중소 문파들은 문을 걸어 잠그고 제자들을 밖으로 내보내지 않고 있었다.

그들은 봉문을 핑계로 고수를 차출해 보내달라는 총련의 요청을 정중하게 거절했다. 그 때문에 총련에 모인 고수들의 수는 총련 수뇌부의 기대보다 적었다.

총련 측에서는 이만 명가량을 모을 수 있을 거라 예상했는데 모인 것은 일만 삼천뿐이었다.

말을 하던 몽완이 작정한 듯 정색하고 물었다.

"그런데 너 혹시 소문 들었냐?"

"무슨 소문 말씀이십니까?"

"천년마교라는 이름의 단체가 활동하고 있다는 소문 말이다."

검엽의 미간에 작은 주름이 잡혔다.

"천년마교요?"

"그래. 얼마 전부터 강호상에 그런 이름의 세력이 은밀하게 준동하고 있다는 소문이 퍼지고 있다. 들어보지 못했어?"

"금시초문입니다."

몽완이 손가락으로 머리를 벅벅 긁었다. 허연 비듬이 우수수 찻잔 위로 떨어졌다.

사란은 실색하며 살짝 소맷자락을 흔들었다.

봄바람과도 같은 무형의 기운이 비듬을 휘몰아 정자 밖으로 날려보냈다.

무언가 말을 하려던 몽완의 눈이 왕방울만 해졌다.

비듬을 날려 버리기 위해 무형장력을 펼친 것이니 모양새는 우스웠다. 그러나 사란이 펼친 일수는 강호상에서 쉽게 볼 수 없는 상승의 공부였다.

그는 사란이 무공을 익히고 있다는 것을 알고는 있었지만 실제로 펼치는 것을 본 적은 없었다. 그래서 막연히 자신의 몸을 지킬 수 있는 수준이려니 생각했었다. 하지만 직접 사란이 펼치는 한 수를 본 그는 자신이 얼마나 사람을 잘못 보았는지 인정해야 했다.

그는 벌린 입을 다물지 못하고 있다가 검엽에게 말했다.

"너, 나중에 정 소저와 살림 차리면 조심해야겠다. 한 대 맞으면 뼈도 못 추리겠어."

몽완의 흰소리에 지친 검엽은 한숨도 내쉬지 못했다. 그는 눈썹을 잔뜩 찌푸리고 말했다.

"어르신, 말에 일관성을 갖추십시오. 정신 사나워서 얘기를 듣고 있기가 힘듭니다."

"큿, 만날 나만 구박이야."

고개를 돌리고 개미 기어가는 소리처럼 작게 구시렁거리던 몽완은 검엽의 쏘는 듯한 눈빛을 받고 움찔하며 자세를 바로했다.

그는 사란의 손을 힐끔거리며 운을 뗐다.

"실체가 확인이 되고 있지 않아서 정말 그런 단체가 있는지는 좀 의심스럽기는 한데, 여러 곳에서 말이 나오고 있는 모양이야. 그런데 그렇게 나오는 말 중에 마교의 숭배 대상인 교주가 천마 혹은 마신이라는 말이 섞여 있어. 나는 네가 어떤 식으로든 그 단체와 연관이 있으리라 생각했다만 네가 금시초문이라니 나도 어리둥절하다. 교(敎)라는 명칭을 쓰는 걸 보면 무림의 문파보다는 종교단체에 가까운 느낌이긴 한데, 소문의 출처는 무림의 문파들이다. 그래서 혹세무민하는 종교단체라고 치부하기에는 마음에 걸린다……."

"천마… 마신……."

검엽의 눈빛이 깊어졌다.

당대의 천하 무림에서 그런 외호로 불리는 인물은 그밖에 없었다.

검엽의 눈길이 정자를 넘어 남쪽을 향했다.

그곳에는 그의 휘하에 들기를 자처한 자들의 숙소가 있었다.

검엽은 싱긋 웃었다.

"대충… 어찌 돌아가는 건지 짐작이 가는군요."

몽완의 눈이 동그랗게 변했다.

"그래? 나한테도 말해주라."

"굳이 제게 듣지 않더라도 나중에 저절로 알게 되실 겁니다."

"그때까지 참으라고?"

"모든 일은 다 때가 있는 법이죠."

"너… 정말 잘났다! 십몇 년 만에 만난 후로는 허구한 날 선문답 같은 말만 하는구나. 쿵."

"훗."

몽완이 퉁명스럽게 코웃음치며 고개를 홱 돌리는 것을 본 검엽은 나직하게 웃고 말았다.

그들의 대화가 재미있었는지 옆의 사란의 얼굴에도 화사한 미소가 꽃처럼 피어났다.

*   *   *

강북무림의 분위기가 흉흉해졌다.

봉문한 황보가와 소림사를 제외한 오파일방과 육대세가의 정예와 강북무림의 백도고수 대부분이 포함된 일만 삼천여 명의 고수가 여산의 총련 총타를 떠났다는 소문에 이어 천하의 관심을 한 몸에 받고 있는 천마 고검엽이 두 달여의 칩거를 끝내고 낙양을 떠났다는 소문이 거의 동시에 무림을 강타했기 때문이다.

한쪽은 일인, 다른 한쪽은 강북 백도무림의 전 세력.

일견 말도 안 되는 형세였지만 그들은 그 말도 안 되는 싸움을 하기 위해 움직이고 있었고, 그 싸움이 향후 천하무림의 정세를 결정적으로 변화시킬 것이라는 데는 아무도 이의를 제기하지 않는 상황이었다.

천하의 시선이 둘을 좇았고, 많은 무인들이 싸움을 직접 보기 위해 싸움터가 될 것으로 예상되는 섬서와 하남의 경계 지역으로 걸음을 재촉했다.

섬서성 화산에서 동남부로 일백이십여 리 떨어진 대암평(大巖平).

백운천이 이끄는 일만 삼천의 총련 무사들이 이곳에 도착한 것은 시월도 중순을 넘어 하순으로 달려갈 무렵이었다.

시각은 술시 말(저녁 9시경).

도착과 함께 스물여섯 개의 무리로 나눠진 총련 무사들은 암석 사이로 분분히 흩어져 갔다.

상당한 여유를 두며 이동했기에 무사들에게서 피로의 기색은 엿보이지 않았다.

백운천은 총련의 수뇌부와 함께 급조한 군막 앞에 서서 멀어지는 무사들의 등을 보고 있었다.

그의 주변에 있는 사람들은 백도무림의 거두들이었다.

가까운 곳에는 부련주 장극산을 비롯해서 군사 제갈유, 무당파 장문 소요검선(逍遙劒仙) 옥로자, 화산파 장문 검화천리(劒花千里) 운경자 등 개방주 도종렬과 소림사를 제외한 사대문파의 수장들이 있었다. 그리고 그 뒤편으로 남궁세가주 제왕검 남궁검우와 사천당가주 일수천비(一手天飛) 당화를 비롯한 칠대세가의 주인들이 서있었고, 천유객(天遊客) 곽정명과 반룡극(半龍

戟) 용관천 등 백도의 초절정고수들로 보였다.

백운천이 혀를 차며 말했다.

"긴장한 건 후생소배들밖에 없는 걸로 보이는구만. 내가 잘못 본 건가?"

제갈유가 고개를 저으며 그의 말을 받았다.

"련주님은 옳게 보셨습니다. 수하들 중 긴장하고 있는 사람은 삼 할도 채 되지 않습니다. 가장 약한 자가 일류고수인 일만 삼천 명이 단 한 명을 상대로 싸워야 하는 현실이 실감나지 않기 때문일 것입니다."

"이해는 하지만 그다지 바람직하다고는 할 수 없는 자세로군."

장극산은 쓰게 웃었다.

적을 앞에 두고 긴장하지 않는 것이 어떻게 바람직하지 않을 수만 있겠는가.

해이해진 기강은 집단을 위태롭게 한다. 마땅히 엄히 다스려 기강을 세워야 했다. 그러나 백운천은 그런 시도를 하려는 의도가 없어 보였다.

'련주 또한 크게 긴장하고 있지 않음은 저들과 다르지 않소이다. 후우, 고언을 한다고 해서 귀담아들을 분도 아니고, 상대는 봉황천 십방무맥에서 나온 자이거늘. 봉황비무를 거친 자들은 머릿수로 상대할 수 있는 인물들이 아니라는 선조들의 기록이 있는데, 참으로 걱정스럽구나…….'

그때 백운천이 장극산에게 물었다.

"그자는 언제 이곳에 도착할 것으로 예상되는가?"

"사흘 전에 출발하였으니 종 각주의 전언처럼 그자의 걸음이 느리다 해도 이틀 후 저녁쯤에는 조우하게 될 것입니다."

"이틀 뒤라… 기대되는구만."

"인원은 얼마나 되는가?"

"지금까지 파악된 바로는 이천오백 가량입니다."

"용병인가?"

"그렇지 않은 자들도 있습니다만 주력은 용병문파들입니다. 그런데 조금 이상한 점이 있습니다."

"무언가?"

"종각주와 천밀원의 전언에 의하면 고검엽은 십여 명과 함께 움직이고 있고, 이천오백 무사는 그들과 이십여 리 이상 거리를 두고 뒤를 따르고 있습니다. 게다가 따르는 자들은 십여 명씩의 무리로 나뉘어져 있고, 진형이라고 부를 수도 없을 만큼 대열이 흐트러져 있습니다."

백운천은 이맛살을 찌푸렸다.

서로간의 거리가 이십 리라면 유사시에 즉각적인 대응을 하지 못한다.

이해할 수 없는 행보.

그러나 백운천은 의문을 지웠다.

궁금해한다고 이유를 알 수 있는 일이 아니었다. 그리고 어차피 며칠뒤면 그렇게 전진을 한 이유를 알게 될 터였다.

"도 방주는 끝까지 이번 싸움에 제자들을 보내지 않겠다는 고집을 부리고 있는가?"

장극산은 씁쓸한 얼굴이 되었다.

"그렇습니다. 개방이 뒤로 빠질 줄은 생각지도 못한 일이라 쉽게 그를 설득시킬 방법을 찾을 수 없었습니다."

"그가 고검엽에 대한 고급 정보들을 전해준 것은 고마운 일이나 이 싸움에 참여하지 않은 것은 총련을 배신한 것이나 다름없는 행위. 싸움이 끝나고 이번 불참에 대한 대가를 치를 때쯤이면 그도 통렬한 반성을 하게 되겠지."

"그리 될 것입니다, 련주님."

백운천의 목소리가 낮아졌다.

"소곡주께서는?"

"손을 쓰셨다 했는데 구체적인 전언은 없으셨습니다. 아마도 그자가 도착할 즈음이 되어야 소곡주께서 하신 안배의 내용을 알 수 있지 않을까 싶습니다."

"흠. 미리 알 수 있다면 공조가 가능했을 터인데, 아쉽구만. 하지만 그분의 생각이 그렇다면 어쩔 수 없는 일이지."

그의 시선이 제갈유를 향했다.

"군사의 의견대로 전장을 대암평으로 정했네. 난석무문대진(亂石無門大陣)이 그자의 사법을 효과적으로 봉쇄한다면 싸움은 싱겁게 끝이 날 걸세."

제갈유의 청수한 얼굴에 강한 자신감이 어렸다.

"난석무문대진은 본가의 선대들 손에서 이백여 년이라는 긴 시간 동안 다듬어진 끝에 완성된 진법입니다. 그의 사법은 무문대진 속에서는 무용지물이 될 것입니다."

검엽이 황보가를 무너뜨린 후 제갈유는 검엽에 대한 것이라면 모을 수 있는 모든 정보를 모아 분석했다.

그가 특히 주목한 것은 검엽과 청랑파의 싸움이었다.

검엽이 빙궁을 무너뜨린 싸움에 대한 정보는 얻을 수 있는 것이 거의 없었다. 거리도 멀었고, 목격자들인 빙궁도들은 봉문 이후로 빙궁 밖으로 나오지 않았기 때문이었다.

검엽과 청랑파와의 싸움을 연구한 제갈유는 전장으로 암석지대를 택했다.

그는 청랑파가 검엽에 의해 궤멸된 이유를 두 가지로 보았다.

하나는 청랑파가 기마군단의 형태로 몰려 있어 일부가 타격을 받게 되자 혼란이 가중되면서 전열이 무너졌다는 것이었고, 다른 하나는 사법이든 동조자든 기마군단을 상대하기 용이한 평원에서 검엽을 상대했다는 것이었다.

청랑파의 본질은 마적. 그들은 주력이 기마였기에 자신들의 힘을 극대화할 수 있는 전장으로 평원을 선택했다.

나쁘지 않은 판단이었지만 상대가 이제 절대마존이라고 불리는 천마 고검엽이었다.

청랑파는 아전인수격의 해석을 한 것이다.

제갈유는 그런 안이한 판단이 청랑파를 멸망으로 이끌었다고 보았다.

직접 보지 못했기에 비각과 천밀원이 모은 정보를 기반으로 판단한 결과였다.

청랑파의 전철을 밟지 않기 위해 제갈유가 고른 전장은, 크고 작은 암석 수만여 개로 인해 시야가 제대로 확보되지 않는 대암평이었다.

어차피 총련의 깃발 아래 모인 일만 삼천의 무인은 중원 백도무림의 정예였다.

흩어져 있다 해서 전력이 약화될 일도 없었고 오히려 개인의 역량을 최대한 발휘할 수 있어서 검엽을 상대로 좀 더 수월한 싸움을 할 가능성도 컸다.

거기에 진법이 더해졌다.

제갈세가에 비전되는 난석무문대진이었다.

난석무문대진은 제갈세가 진법의 정화라 할 수 있는 것으로, 사람과 자연물의 조화를 통해 그 안에 든 자를 필살하는 무서운 진법이었다.

대암평은 난석무문대진을 펼치기에는 최적의 장소였다.

무문대진을 펼치기 위해서는 첫째로 크기가 오 척 이상인 바위가 최소 일천 개 이상이 있어야 했고, 둘째로 물이 많아야 했다.

바위는 일천 개를 넘기만 하면 되었다. 그리고 물은 많으면 많을수록 좋았다.

무문대진이 오행지기 중 토(土)와 수(水)를 기반으로 하고 있기 때문이었다.

수많은 암석으로 이루어진 난석무문대진은 그 명칭처럼 생문이 전무했다.

그 안에 든 자는 진을 펼친 자가 허락하지 않는 한 죽을 수밖에 없었다.

백운천이 자신의 주변에 서 있는 각 문파와 세가의 수장들을 향해 말했다.

"그동안 계획한 대로 자신의 역할만 잘해준다면 이번 싸움은 그리 어렵지 않으리라 생각하외다. 내일 하루만 고생해 주시면 될 것이오. 싸움이 끝날 때까지는 내키지 않더라도 매사에 신중하시고, 제자와 이번에 배속된 무사들의 긴장이 풀리지 않도록 지휘하여 주시오."

백도무림의 거두들이 일제히 포권했다.

"련주의 명을 받드오."

백운천도 마주 포권했다.

장극산과 제갈유를 제외한 사람들은 자파비전의 경공을 펼쳤다. 해야 할 일이 많았다.

백운천의 입가에 미소가 떠올랐다.

일견 온화해 보이는 미소였지만 자세히 본다면 그것은 무언가에 취한 자에게서나 볼 수 있는 미소라는 것을 알 수 있을 터였다.

이곳은 전장.

백운천은 총련대회의를 통해 휘하에 있는 사람이라면 설령 각 문파의 수장들이라도 현장에서 즉결처분할 수 있는 생살여탈권을 부여받았다.

삼패세의 쟁패 시기엔 소림의 신승 천공 선사와 무당의 검성 적우자에 의해 입술을 깨물며 뒤로 물러날 수밖에 없었던 그가 최초로 얻은 절대권력이었다.

'구중천상회……. 그들이 선택했던 사람은 내가 아니라 소림의 천공과 무당의 적우자였다. 하지만 마지막에 웃는 자가 승자라는 무림의 격언은 틀리지 않았다. 적우자는 내 손에 제거되었고, 천공은 소림에서 고검엽에게 패사했다. 그리고… 천상회 그대들도 사라지게 될 것이다.'

백운천이 속으로 중얼거린 말속에 담긴 의미는 소름 끼칠 정도로 무서운 것이었다.

그리고 그 말만큼이나 경공을 펼쳐 멀어져 가는 각파의 수뇌들을 훑는 그의 눈은 무서울 정도로 강렬한 신광을 발했다.

백운천은 권력에 취해 있었다.

* * *

"그놈의 고집은 예나 지금이나 변한 게 하나도 없어!"

장현은 툴툴거리며 땅을 걷어찼다.

노굉이 입맛을 다시며 말을 받았다.

"어쩌겠냐, 상황이 그런 걸."

"빌어먹을, 총련을 상대로 싸우러 가는 걸 쳐다만 봐야 하다니. 우리가 왜 여기까지 온 거야. 대체……."

구양문이었다.

이천룽은 씁쓸하게 웃었다.

그의 심정도 다른 사람들과 다르지 않았다.

그가 말했다.

"우리가 있음으로 해서 그의 주변에 더 많은 사람들이 모여들고 있다. 그걸로 된 거야. 조급할수록 돌아가라는 말도 있잖나. 우리는 기다리면 된다. 그는 반드시 총련을 이기고 남하할 테니까."

세 노인은 입을 다물었다.

그들의 시선이 일제히 서쪽을 향했다.

그들의 희망과 기대를 한 몸에 받고 있는 한 사람이 떠난 방향이었다.

물론 그는 검엽이었다.

* * *

천하의 이목은 낙양에서 섬서성 대암평으로 이동했다.

정무총련이 그곳에 진영을 차린 것이다.

시간이 흐를수록 섬서에서 발원한 긴장은 그 범위를 점점 넓혔다.

그 안에 든 사람들의 긴장도 높아졌다.

싸움의 승패가 어떻게 나든 천하 정세가 변할 거라는 걸 예감하지 못한 사람은 없었다.

그들 중에는 천하에 이름난 사람이나 문파도 있었지만 그렇지 않은 사람들도 있었다.

군림칠마성.

단목천.

사마결.

대군룡.

앞의 사람들이 드러난 거목이라면 뒤의 사람들은 드러나지 않은 절대자들이었다.

천하는 대격동의 시대로 접어들고 있었다.

*   *   *

섬서성을 삼십여 리 앞에 둔 하남성 무명 평야.

다가닥. 다가닥.

말의 진동에 몸을 맡긴 채 앉아 있던 검엽이 갑자기 말의 고삐를 가볍게 잡아당겼다.

가다 서다를 반복하던 말이 깜짝 놀라 머리를 높게 들며 걸음을 멈췄다.

놀랄 만도 했다.

오 일 전 낙양을 출발한 후로 검엽은 한 번도 말고삐에 손을 댄 적이 없었던 것이다.

서편 하늘이 타는 듯한 석양으로 인해 시뻘겋게 물들어가는 유시 중엽(오후 6시경)이었다.

일 장여 뒤를 따르던 곽호가 검엽의 옆으로 말을 몰아왔다.

"검군, 이곳에서 밤을 보내도록 하지."

"알겠습니다, 주공."

무릎까지 오는 잡풀이 끝도 없이 펼쳐진 평원이었다.

낙양에 도착할 때까지 노숙할 때 자리를 만드는 건 곽호의 몫이었다.

그러나 낙양을 떠난 이후로 그 역할은 노군휘와 낭후 등이 맡았다.

까마득한 후배들이 일행이 되자 곽호의 신세가 핀 것이다.

베어낸 잡풀을 바닥에 세 치 두께로 까는 건 낭후의 손질 두어 번으로 충분했다.

늦가을의 저녁 공기는 쌀쌀했다.

그러나 일행 대부분은 한서불침의 경지에 도달한 지 오래된 초강고수들이고, 그들 중 가장 약한 오치르와 남옥령은 북방의 한기로 단련되어 중토의 늦가을은 봄날이나 다름없었다.

몽완은 이곳까지 검엽을 따라왔다.

그의 눈빛은 허허로웠다.

마음을 비운 노승들의 눈에서나 볼 수 있을 만한 눈빛이었다.

그의 눈빛이 변한 것은 낙양을 떠나기 전 검엽과 있었던 대화 직후부터였다.

평소 볼일을 마치면 바람처럼 어디론가 사라졌던 그였는데 그날의 만남을 마친 후에는 장원을 떠나지 않았다. 그리고 지금까지 떠나지 않고 있었다.

그는 며칠 동안 진애명과 사란, 두 여인과 상당히 친해졌다. 그리고 사란을 그림자처럼 따르며 시봉하는 오치르와 남옥령과도 친해졌다.

지금도 그는 자리가 만들어지자마자 오치르와 남옥령에게 무림에 구전되어 오는 얘기들을 해주고 있었다.

그의 입담은 대단해서 오치르와 남옥령은 정신을 놓고 그의 이야기에 빠져들었고, 옆에서 듣는 진애명과 곽호, 섭소홍을 비롯한 다른 일행도 은근히 얘기에 귀를 기울이는 기색들이었다.

오늘의 화제는 중원무림의 전설로 전해 내려오는 고금팔대고수에 대한 것이었다.

만련자(萬連子).
음후(音后).
혼세염왕(混世閻王).
무영천도자(無影天道子).
수라천존(修羅天尊).
천뢰상인(天雷上人).
천상검제(天上劒帝).
만독노조(萬毒老祖).

살아서 무적이었고, 죽어서 전설이 된 사람들.

이들이 고금을 통틀어 자신 외에는 상대가 없었다고 평가받는 여덟 명의 절대고수였다.

이들 중 동시대 활동했던 인물들은 음후와 혼세염왕뿐이었고, 다른 사람들은 모두 시대가 달라 조우할 기회가 없었다.

음후와 혼세염왕도 동시대라고는 하지만 음후가 은퇴하고 난 후 혼세염왕이 출도해서 역시 서로 만나지는 못했고.

이들의 외호에서 흑백의 성향이 어느 정도 드러나긴 하지만 그들을 딱히 백도나 흑도로 명확하게 구분 짓는 건 쉽지 않았다.

그들이 이룩한 무공과 정신적 성취는 경계를 넘어서는 것이었기 때문이다.

그리고 당대 무림인들 사이에 회자되는 무림야사 가운데 절반 이상은 그들과 관련되어 있을 정도로 그들은 파란만장한 삶을 살다가 간 인물들이었다.

가뜩이나 입담이 좋은 몽완이 그런 인물들을 화제로 올렸으니 사람들이 정신없이 빠져들 수밖에 없었다.

검엽도 귀를 기울였다.

그와 고금팔대고수 중 두 사람은 적지 않은 인연이 있었으니까.

만련자와 혼세염왕.

한 사람은 그의 무공이 기틀을 잡는 데 결정적인 역할을 했고, 한 사람은 신비롭고 불가사의한 존재들을 그에게 남겨주었다.

검엽은 천천히 눈을 감았다.

뜨나 감으나 별반 다를 것은 없었지만 눈을 감으면 좀 더 선명하게 그의 심안에 잡히는 존재들.

공간의 틈새에 자리 잡은 채 그와 혼으로 연결되어 있는 존재들.

사대겁혼이 그의 심안에 들어왔다.

그의 심안을 느낀 네 여인의 아름다운 얼굴에 햇살처럼 환한 미소가 떠올랐다.

검엽의 마음에서 만들어진 말이 사대겁혼에게 전해졌다.

[내가 돌아올 때까지 이들을 지켜라.]

…….

대답은 없었다.

그러나 검엽은 자신의 뜻이 사대겁혼에게 전해졌다는 것을 알았다.

여인들이 일제히 고개를 끄덕였던 것이다.

검엽은 눈을 떴다.

"몽 어르신."

"왜?"

"그들이 있다는 대암평까지 얼마나 걸릴까요?"

"이 속도로 가면 하루 정도 더 걸릴 거다."

"그들이 도착한 게 하루 전이라고 하셨죠?"

"응."

"그럼 전열을 정비할 시간은 충분히 준 셈이군요."

차분하게 중얼거리던 검엽이 자리에서 일어났다.

사람들이 놀라 분분히 자리에서 일어났다.

덩달아 일어난 몽완이 검엽에게 물었다.

"왜 그러느냐?"

검엽은 흰 이를 드러내며 소리없이 웃었다.

"너무 오래 기다리게 하는 것도 예가 아닌 듯해서 다녀올까 합니다. 그들이 기다리다 지치면 맥 빠지는 일이 아니겠습니까."

"……"

충격을 받은 사람들은 말문을 열지 못했다.

이 마당에 검엽이 다녀오겠다는 곳이 어디인지, 그를 기다리고 있는 자들이 누군지 알아차리지 못하는 사람이 누가 있으랴.

장내가 침묵에 잠겼다.

몽완이 떨리는 목소리로 물었다.

"정말로 혼자 가겠다는 거냐, 일만 삼천이 기다리고 있는 곳을?"

"여기 있는 사람을 모두 데리고 간다고 제게 도움이 되겠습니까?"

검엽은 담담하게 되물었다.

몽환이 말했다.

"뒤따르고 있는 자들까지 데리고 가면 도움이 될 게야."

검엽은 싱긋 웃었다.

몽완의 마음을 모를 리 없는 그다.

"어르신도 아시지 않습니까? 이 싸움이 머릿수로 하는 싸움이 아니라는 것을요. 그리고 이것은 제 싸움입니다."

자르듯 간결하고 단호한 말.

몽완은 꿀먹은 벙어리가 될 수밖에 없었다.

또 침묵이 흘렀다.

"이곳은 무공이 저와 같은 경지에 이른 사람이 아니라면 절대로 통과할 수 없도록 조치해 놨습니다. 안심하고 편히 쉬고 있으면 됩니다. 가능한 한 빨리 다녀오도록 하죠."

영문을 알 수 없는 말이었다. 그러나 그의 말을 알아듣은 사람도 있었다.

사란이 사방의 한 지점에 차례로 시선을 주며 눈을 빛내다가 검엽에게 말했다.

"저기 계시는 아름다운 여인들을 말씀하시는 건가요, 사숙?"

검엽의 눈빛이 강해졌다.

"보이느냐?"

"예."

검엽은 내심 고개를 갸웃했다.

사대겁혼을 볼 수 있는 사람은 그뿐이었다.

사란이 그녀들을 볼 수 있으리라고는 생각지도 못한 일이었다.

그러나 그는 의문을 일단 마음속에 접어두었다.

지금은 궁금증을 풀 시간이 아니었다.

그의 마음속 살기는 점점 강해지고 있었다.

심마지해를 나서며 세웠던 목표 중의 하나가 멀지 않은 곳에 있는 것이다.

"그녀들이 이곳을 수호할 것이다."

검엽의 시선이 사란을 떠났다.

"선자, 쌍마존."

"예, 종주."

"예, 지존."

"다른 사람들을 지켜주시오."

검엽은 낭호 등이 모은 이천오백 무사에 대해서는 한 마디도 언급하지 않았다.

그러나 다들 마음이 황망한 상태라 누구도 그것을 주목하지 못했다.

"알겠습니다."

"염려하지 마십시오. 목숨을 걸고 주모님을 지키겠습니다."

앞에 것은 진애명의 대답이었고, 뒤의 말은 쌍마존의 것이었다.

검엽의 입술이 열렸다.

"다녀오겠다."

산책을 나가기라도 하는 사람처럼 평온한 말투.

말이 끝남과 동시에 검엽의 신형이 신기루처럼 흐릿해졌다.

사람들은 검엽이 떠나고 있다는 것을 알았다.

검엽의 모습이 사라졌다.

사람들은 본인도 의식하지 못하는 사이 피가 나도록 주먹을 꽉 쥐고 있었다.

이제 그들에게 남은 것은 기다림이었다.

패하면 검엽은 돌아오지 못할 것이다.

그러나 그가 돌아온다면, 사람들은 미증유의 태풍 앞에 가랑잎처럼 휩쓸리는 천하를 보게 될 것이다.

第九章

천
마
검섭전

대암평 사방 오십여 리는 짙은 어둠과 한 치 앞도 분간하기 어려운 밤안개에 점령당해 있었다.

대암평을 이십여 리 앞에 둔 야산.

대지를 가르는 한 가닥 번개처럼 백색의 선이 되어 일직선으로 움직이던 검엽은 암귀행을 멈췄다.

야산의 둔덕.

그곳에 서 있는 그림자가 그의 앞을 막고 있었다.

무심하던 검엽의 눈에 언뜻 놀람의 기색이 스쳐 지나갔다.

천지는 어둠에 잠식당해 있었지만 그는 빛이 의미가 없는 안력을 지닌 사람이다.

"…진완완?"

품에 고풍스러운 오현금을 안은 구미부인 진완완은 환하게 웃었다.

검엽을 보는 그녀의 두 눈은 몽롱하게 풀어져 있었다.

"오랜만이야, 동생. 그때보다 더 멋있어졌네!"

검엽은 묘하게도 반가웠다.

묘한 인연이 닿았던 여인이 생각지도 않은 곳에서 그를 기다리는 현실이 갑자기 낯설어졌다.

하지만 그는 속내를 드러내지 않았다.

진완완이 누구의 수하인지 너무나도 잘 아는 그가 아닌가.

진완완은 십몇 년 전의 그날과 같았다, 세월이 그녀를 피해 가기라도 한 것처럼.

그가 물었다.

"사마결이 보낸 건가?"

진완완은 서운하다는 표정을 지으며 한숨을 내쉬었다.

"하아. 동생 말투가 변했네."

지난날과 다름없는 고혹적인 말투.

불행하게도 상대가 검엽이라 그녀의 매력은 전혀 통하지 않았다.

"손속도 변했지."

담담한 어조.

그러나 그 안에 담긴 살기를 느낀 진완완은 부지중에 몸을 떨었다. 자신을 향한 것이 아님을 알고 있음에도 그의 살기는 가공스러웠다.

'소문이 실제보다 못하구나. 이 사람은 정말 강하다. 소곡주께서 내리신 절기를 익힌 후로 곡 외에서는 이런 느낌을 받을 일이 없으리라고 믿었는데.'

진완완은 혀로 바짝 마른 입술을 축였다.

그녀는 주먹을 꼭 쥐었다가 천천히 폈다.

"동생, 대암평에 가지 말아."

검엽의 눈에 의아한 기색이 떠올랐다.

진완완이 말을 이었다.

"동생이 아무리 강하다 해도 저곳에 가면 살아 나올 수 없어. 저곳에 모여 있는 힘은 개인이 감당할 수 있는 게 아니야."

검엽의 입가에 흰 선이 드러났다.

미소였다.

"사마결의 뜻으로 온 듯하지는 않군. 걱정이라면 고맙지만 대상이 잘못되었다."

진완완은 탄식했다.

십수 년 전에도 검엽은 사마결이 어찌할 수 없을 정도로 고집이 셌었다.

진완완은 입술을 꼭 깨물었다.

망설임과 갈등으로 인해 그녀의 눈동자가 흐트러졌다.

그녀는 크게 숨을 들이마셨다. 그리고 검엽을 보았다.

똑바로 부딪쳐 오는 눈빛.

검엽은 그 시선을 피하지 않았다.

진완완은 무언가를 말하려 하고 있었다. 그리고 그 말을 하지 말아야 한다는 마음의 제어와 싸우고 있었다.

그는 궁금했다.

무엇 때문에 진완완이 저처럼 갈등하고 망설이는지.

그때 진완완이 결심한 듯 안색을 굳히며 말했다.

"동생, 동생이 설령 소문처럼 삼패세 전체와 싸우려 하고 그들과의 싸움에서 이긴다 해도 마지막에 패하는 사람은 동생이 될 수밖에 없어. 삼패세는… 중원 지배를 위임받은 자들일 뿐이야. 진정한 힘은 그들에게 없어. 그리고 그들에게 중원 지배를 위임한 사람들이 전면에 나선다면 동생은 절대로 이길 수 없어."

검엽의 안색이 조금 변했다.

"중원 지배를 위임한 자들… 멋진 얘기로군. 그런 자들이 실재한다는 건가?"

"물론이야. 그들의 힘은……."

진완완은 몸서리를 쳤다.

"아아. 동생, 이 싸움을 멈출 수는 없어? 그 길을 계속 걸어간다면 동생은 죽게 될 거야, 그것도 아주 처참하게."

검엽은 빙긋 웃었다.

"사마결에게 그런 능력이 있겠나?"

그가 사마결을 언급한 의미는 명확했다.

진완완은 직접적인 대답을 피했다. 하지만 부인도 하지 않았다.

"황보가와 소림사를 무너뜨린 동생의 능력은 자부심을 가질 만해. 하지만 그런 능력으로도 상대할 수 없는 사람들이 천하에는 있어."

"그 말을 들으니까 확인하고 싶어지는군."

진완완의 입술이 파르르 떨렸다.

"동생, 고금팔대고수라 불리는 전설의 절대초강자들 중 일곱의 진전을 이은 사람이 있다면… 그리고 그 무공들 중 한 가지씩을 익힌 사람들이 수십 명이 넘는다면……. 정말이지 만약, 만약… 그런 사람들이 모여 만든 세력이 있다면… 천하에 누가 그들을 상대할 수 있을까?"

검엽의 눈빛이 무서운 빛을 발했다.

진완완은 돌려 말했다. 하지만 알아듣는 데는 아무런 문제도 없었다.

진완완의 어깨가 늘어졌다.

"동생… 제발, 대암평에 가지 마……."

그녀의 마지막 말은 너무 작아 귀를 기울여도 들릴까 말까 했다.

말의 여운이 사라지기도 전에 진완완은 떠났다.

검엽을 바라보는 애잔한 눈빛만을 남긴 채.

검엽은 뒷짐을 졌다.

생각지도 못했던 곳에서 오랫동안 고민했던 것의 실마리를 잡았다.

진완완의 눈빛은 그의 마음에 아무런 흔적도 남기지 못했다.

진심이라는 것은 알 수 있었다.

그러나 그뿐이었다.

'사마결……. 고금팔대고수 중 일곱의 진전을 이은 자란 그를 말하는 걸까? 만련자의 진전은 나에게 이어졌다. 일곱이란 만련자를 제외한 자들을 말함이겠지.'

그의 무심하게 빛나는 두 눈이 어둠과 안개에 뒤덮인 대암평을 향했다.

'칠대고수의 진전이 하나로 이어졌다. 상상하지 못했던 일이로군. 시대를 달리해서 태어났던 자들의 진전이 하나로 이어지는 것, 그것이 가능한 일이었던가. 그것을 가능케 한 자는 누구일까? 사마결의 나이로 그런 원대한 작업을 하는 건 가능하지 않다. 한 세대에 가능한 일도 아니고. 하늘이 그처럼 편애한 자가 있었다니… 재미있는 일이로군.'

검엽은 뒷짐을 풀었다.

그는 진완완을 만날 때 그녀의 경락을 따라 흐르는 내력을 보았다. 의지로 차단하지 않는 한 육안과 일체화된 심안의 가장 기본적인 공능이 그것이 아니던가.

'진완완의 내력 흐름은 지난날과는 차원이 달랐다. 섭소홍에 비해서도 못하지 않을 정도. 이미 어느 정도 틀이 잡힌 무인을 십여 년 만에 그런 고수로 변모시킬 수 있는 무공은 흔치 않다. 그녀의 기색에서도 거짓은 느껴지지 않았고. 게다가 그녀가 한 말은 내가 항상 의심해 오던 부분, 그렇다면 고금칠대고수의 비전을 모두 얻은 자가 삼패세의 배후였던 건가. 천하

인들이 알게 되면 기절초풍할 일이로구만.'

빙천혈의가 조금씩 붉게 변해갔다.

'가고 가고 또 가다 보면 알게 되겠지. 조급한 쪽은 내가 아니다. 부수다 보면 어차피 다 튀어나올 자들. 하나씩 나오든 몰려나오든 너희들은 나오는 그날이 바로 무너지는 날이 될 것이다. 나는 막는 것을 부수며 전진할 뿐이고, 오늘은 정무총련이 그 대상일 뿐이다.'

진완완은 고금칠대고수를 언급하며 그들의 무공을 한 몸에 이은 자와 그런 자들 수십 명, 그리고 그들이 만든 세력에 대해 말했지만 검엽을 긴장하게 만들지는 못했다.

고금칠대고수가 아니라 고금칠십대고수라 해도 검엽을 두렵게 만들지 못했을 것이다.

그것은 검엽의 무공이 그들 전부를 상대할 수 있을 만큼 강하기 때문이 아니었다.

두려움을 느끼기에 검엽이 이룩한 정신적 성취는 너무 높았다.

그는 심마지해에서 끝없이 목숨을 위협하는 마물들과 싸우며 두려움의 극한을 겪었고, 그것을 이겨냈다.

세상에 심마지해보다 더 두려운 환경은 존재하지 않는다. 그가 상대를 두려워하지 않는 이유였다.

검엽의 신형이 꺼지듯 그 자리에서 사라졌다.

그리고 일백여 장 떨어진 곳에 붉은 점이 나타났다.

환상처럼 붉은 점은 일백 장 거리를 나타났다 사라졌다를 반복하며 멀어져 갔다.

*　　　*　　　*

 난석무문대진에 발생한 최초의 이상을 감지한 사람은 백운천과 함께 지휘 군막에 있던 제갈유였다.
 백운천은 후면의 태사의에 앉아 눈을 감고 있었는데 생각을 하는 것인지 명상을 하는 것인지 구분이 되지 않았다.
 제갈유는 백운천과 이 장 정도 떨어진 군막의 중앙에 눈을 반개하고 가부좌를 틀고 앉아 있었다.
 그리고 그의 앞에는 곳곳에 세 치 길이의 수많은 깃발과 작은 돌 조각들이 어지럽게 놓인, 가로 세로 이 장에 이르는 거대한 판이 펼쳐져 있었다.
 판 전체는 두 자 높이까지 아지랑이와도 같은 기류가 떠돌고 있어서 신비로운 분위기가 났다.
 반개하고 있던 제갈유의 눈이 번쩍 떠졌다.
 그는 불길이 이는 것처럼 강렬한 눈으로 판의 서쪽을 바라보았다.
 판의 서쪽.
 판 전체를 감싸듯 떠돌던 아지랑이의 일부가 칼에 베인 종잇장처럼 찢어지며 갈라지고 있었다. 그 찢어진 아지랑이 사이로 푸른 점 하나가 느리게 움직였다. 움직이는 방향은 지휘 군막의 깃발 표시가 있는 방향이었다.

제갈유의 눈에 경악이 빛이 폭죽처럼 솟았다.

"이럴 수가! 난석무문대진의 흐름을 힘으로 가르고 들어서는 자가 있을 수 있다니… 보면서도 믿기 어렵구나……!"

난석무문대진은 천재들의 가문으로 정평이 난 제갈세가의 이백 년 연구 정화였다.

그만큼 신묘한 점들이 많았는데 그중의 하나가 표적이 된 자의 기운을 진에 각인시키는 공능이었다.

진은 각인된 표적의 기운이 진에 진입하면 그 순간 이상 신호를 진의 지휘자에게 전해주었다.

제갈유는 표적이 진에 들어섰다는 이상 신호를 본 것이다.

그가 놀란 것 무문대진을 감싸고 있는 기운이 찢어졌기 때문이다.

무문대진은 자연력과 그 안에 배치된 사람들이 일으키는 기운을 증폭시켜 거대한 중압(重壓)을 형성한다. 그렇게 형성된 중압은 진에 들어선 표적에게 집중된다.

그 압력의 강함은 사람이 측정할 수 있는 수준이 아니어서 무공을 익힌 절정의 고수라도 숨 한 번 들이쉴 시간도 버티지 못하고 피 모래로 화한다.

진의 중압은 안으로 들어올수록 강해진다. 그러나 가장자리의 압력도 쉽게 견딜 수 있는 건 아니었다.

그것을 피하기 위해서는 중압이 비교적 약한 지역을 찾게 되고 그 방향으로 움직이면 진 내에 매복해 있던 사람들과 조우하게 된다.

그런데 표적은 중압이 약한 쪽으로 움직이는 것이 아니라 그 압력을 비록 일부지만 분명하게 찢어버리며 전진하고 있었다.

물론 무문대진이 중압이라는 단 한 가지로 적을 상대하는 단순한 진법이라면 제갈세가에서 완성시키는 데 이백 년이나 걸렸을 리 없다.

제갈유의 눈빛이 냉엄해졌다.

그는 가부좌를 풀고 자리에서 일어나 백운천을 향해 돌아섰다.

"련주님, 그자가 도착했습니다."

백운천의 눈꺼풀이 서서히 위로 올라갔다. 그 밑으로 무서운 빛을 발하는 두 눈이 드러났다.

"부련주는?"

제갈유는 판의 위에 있는 작은 흑색 점들 가운데 하나를 가리켰다.

"서남방에서 대기 중입니다."

"소곡주가 보낸 자들은?"

"아직 그들의 움직임은 대진판 위에 나타나지 않습니다. 소곡주의 뜻이라며 싸움이 시작되기 전에는 그들을 드러내지 말아달라는 장 부련주의 부탁이 있었습니다."

"어차피 알게 될 것이니 상관은 없겠지."

제갈유는 고개를 끄덕였다.

무문대진의 권역 내에 있는 자는 진을 포진한 사람이 은신을 허락했다 할지라도 일단 움직이기 시작하면 포진자의 의사와 상관없이 그 움직임이 무조건 포진자에게 전해진다.

"먼저 그를 상대하게 될 문파는 어딘가?"

"화산과 당문이 그와 가장 가까운 거리에 있습니다."

"조치하게."

"알겠습니다."

제갈유는 판의 서남쪽 아래 방향에 가지런히 꽂혀 있던 흑색 깃발을 두 개 집어 들어 지휘 군막과 서쪽을 일직선으로 이었을 때 나타나는 선의 한 지점에 꽂았다.

푸른빛이 전진하는 방향이었다.

그가 말했다.

"그의 내공과 심력이 예측한 것보다 약하다면 화산과 당문이 그를 만나기 전에 그가 쓰러질 수도 있습니다. 저는 그럴 가능성이 크다고 생각합니다. 무문대진의 환각과 중압은 사람의 몸으로는 견뎌낼 수 없는 것이니까요."

"그러길 바라네. 지켜보세."

"예, 련주님."

두 사람의 시선이 판 위를 향했다.

아주 느리지만 분명하게 전진하는 푸른 점이 그들의 눈을 사로잡고 있었다.

검엽의 입끝이 비틀렸다.

'쓸 만한 진법이로군.'

두텁게 사방을 둘러싸고 있는 안개는 그를 중심으로 일 장 이내에는 들어오지 못하고 밀려나 있었다.

검엽의 파멸천강지기에 의해 밀려난 것이다.

그의 얼굴에는 강호에 나선 후 겉으로 드러난 적이 없던 기색이 떠올라 있었다.

그것은 곤혹스러움이었다.

그는 내심 쓸 만하다고 중얼거렸지만 펼쳐져 있는 진법은 그 정도가 아니었다.

'파멸천강지기가 더 이상 나아가지 못하고 있다. 좋지 않구만.'

그의 시야는 혼란스러웠다.

온갖 환상이 일어나고 있었기 때문이다.

환상 속에는 척천산장과 운려의 모습도 있었고, 초인겸과 초평익도 있었으며, 심마지해의 마물들도 있었다.

환상은 실재와 전혀 다름이 없었고, 분위기는 실재보다 오히려 더 선명했다. 그러나 환상은 검엽의 심령에 한 푼의 타격도 가하지 못했다.

환상 또한 마의 일부.

검엽을 어찌하는 건 불가능한 일이었다.

그를 괴롭히는 것은 환상이 아니라 다른 것이었다.

그를 짓누르고 잡아당기는 상하(上下)의 압력이 바로 그것이었다.

진세가 만들어낸 중압은 상상을 초월할 정도로 막강했다.

검엽의 이마에 작은 땀방울이 솟았다.

심마지해를 벗어난 후 최초의 땀이었다.

그것은 그가 지금 받고 있는 압력의 정도가 어느 정도인지 적나라하게 웅변하고 있었다.

'발산되지 못하는 파멸천강지기가 내부의 폭발을 가속시키고 있다. 아직은 버틸 만하지만 시간이 흐르면 위험해질 수도 있겠어.'

그의 눈빛이 삼엄해졌다.

상황은 녹록지 않았다.

그의 지존천강력은 완성된 것이 아니다.

천강력의 완성은 구류지경이다. 하지만 현재 그의 수준은 칠류지경.

신마기의 인력에 이끌려 그의 내부로 유입되는 절대역천마기는 일류당 아홉 번 폭발하며 파멸천강지기를 생성시키고, 그 천강지기는 외부로 투사된다.

그런데 지금은 외부로 투사된 파멸천강지기가 진법에 의해 가로막히며 그 일부분이 검엽의 내부로 되돌아오고 있었다.

되돌아온 천강지기의 양은 크지 않지만 이들에 의해 천강력의 응축 폭발 과정은 가속되는 중이었다.

가속은 나쁘지 않았다.

응축의 속도가 빠르면 폭발력은 더 강해진다.

그러나 그것도 한계가 있었다.

검엽이 이룩한 칠류지경을 넘는 응축 폭발이 이루어지면 안 되는 것이다.
　파멸천강지기의 힘은 제어되지 않으면 시전자의 육신을 붕괴시킬 정도의 절대지력이기 때문이다.
　그릇이 감당하지 못하는 힘은 그릇을 깨뜨려 버린다.
　검엽의 그림처럼 수려한 턱 선이 완강해졌다.
　그의 눈빛이 푸르스름하게 변해갔다.
　'예상치 못했던 장벽이로군. 백도의 저력이라는 건가. 하지만 나는 신화종의 종주다. 그대들에 의해 막힐 정도였다면 나는 심마지해를 벗어나지 않았을 것이다.'
　어려움은 있었지만 그는 물러날 생각은 하지 않았다.
　심마지해에 비한다면 이곳의 어려움을 어떻게 어려움이라 할 수 있을까.
　그리고 물러날 이유도 없었다.
　파멸천강지기가 투사되는 반경은 극히 좁았지만 그 영역 내에 들어온 모든 사물은 고운 가루가 되고 있었다, 무공을 펼치지 않은 상태에서도.
　금강불괴라도 천강지기의 영역 내로 들어온다면 가루가 될 터였다.
　짙은 어둠.
　바다 밑을 연상시키는 두터운 안개.
　그 안에서 시퍼런 귀화 두 개가 빛을 발하기 시작했다.
　저벅.

둔중한 발걸음 소리가 울렸다.

검엽을 둘러싼 안개가 진저리를 치며 요동쳤다.

그러나 그뿐이었다.

안개는 사라지지도 밀려나지도 않았다.

저벅.

검엽의 걸음이 만들어낸 실질적인 기세는 안개를 밀어내지 못했다. 그러나 그 안에 담긴 무형의 기세, 걸음의 주인이 가진 웅혼한 기세는 삼백여 장 앞에 은신하고 있던 사람들에게 그대로 전해졌다.

화산파 장문인 검화천리 운경자와 사천당가주 일수천비 당화는 부지불식간에 서로를 돌아보았다.

굳은 얼굴들이었다.

당화가 침음성을 토하며 중얼거렸다.

"무지막지한 기세로군요."

"무문대진의 진세에 의해 차단되었는데도 이 정도라니, 진법이 없었다면 저 발자국 소리를 견뎌낼 사람이 별로 없었을 듯하외다. 세인들이 천마군림보라 하기에 허튼소리라 여겼건만."

당화가 고개를 끄덕이며 말을 받았다.

"우리도 준비를 하지요."

당화와 운경자는 동시에 주먹을 쥔 손을 들어 올렸다.

사전에 약속한 수화였다.

그들의 뒤에 도열해 있던 당가와 화산파의 제자 일천 명이 각자의 애병을 꺼내 들어 힘차게 거머쥐었다.
 진세가 펼쳐지고 그 안에 들어온 지 이틀.
 그들은 이틀 동안 기세를 가다듬었고, 살기는 최고조에 이르러 있었다.

 백운천과 어깨를 나란히 하고 대진판을 지켜보고 있던 제갈유는 얼굴을 굳히며 고개를 들었다.
 지휘 군막은 앞면이 트인 구조여서 고개를 들면 바로 하늘과 암석 지대가 눈에 들어온다.
 군막을 중심으로 사방 삼십 장은 진세의 영향을 받지 않는 축지역이라 시야는 막힘이 없었다.
 고개를 든 제갈유의 미간에 선명한 내천 자가 파였다.
 제갈유의 기색이 평소와 다름을 알아차린 백운천이 물었다.
 "군사, 왜 그러는가?"
 "천색이… 달라지고 있습니다."
 "……?"
 백운천도 제갈유처럼 군막 밖의 하늘에 시선을 주었다.
 점차 그의 안색도 딱딱하게 굳어갔다.
 일각 전까지 진의 내부는 어둠이 짙게 내리고 안개가 사방을 포위하고 있었지만 진세 밖의 하늘은 맑았었다.
 점점이 구름이 흩어져 있어 별빛이 쏟아진다 싶은 만큼은 아니었지만 보석처럼 하늘에 박혀 있는 많은 별들도 볼 수 있었다.

그런데 지금은 하늘에 별이 보이지 않았다.

융단과도 같고 먹과도 같은 검푸른 기운, 묵청기(墨靑氣)가 시선이 이르는 끝까지 하늘을 뒤덮고 있었다.

실체가 있는 듯 없는 듯, 환상처럼 보이는 묵청기.

제갈유가 신음처럼 중얼거렸다.

"…설마 역천마기… 하지만 기록상의 역천마기는 묵기만을 띠지, 푸른 기운을 띤다는 말은 없었는데……?"

그가 어찌 알 수 있으랴.

그가 보는 것이 역천마기가 아니라는 것을.

묵청기는 역천마기의 정화, 절대역천마기였다.

백운천은 무섭게 굳은 얼굴이 되었다.

"청기가 무엇인지는 알 수 없지만 저 기운은 역천마기가 맞는 듯하네. 열화천신공(熱火天神功)의 선천지기가 미친 말처럼 날뛰는 것을 보니 말일세."

열화천신공은 백운천의 독문무공으로, 백도의 신공류 중 화(火)와 패(覇)에 있어서 짝을 찾을 수 없다고 공인된 무공이다.

역천마기는 마공을 익히는 자라면 꿈에서라도 바라는 기운이다.

그러나 실제로 역천마기를 토대로 한 공부는 무림사를 통틀어도 몇 되지 않았다.

평범한 신체로는 그것을 신체 내부에 끌어들였을 경우 버티지도 못할뿐더러 역천마기를 몸 안에 품은 자는 인성이 마비되어 광마가 되기 때문이다.

역천마기가 이곳으로 모인다는 건 이곳에 마기를 끌어들이는 존재가 있다는 것을 의미했고, 가능성은 단 하나였다.

"창룡신화종… 대체 천마 고검엽, 그자가 익힌 무공이 무엇이기에 천지간에 흩어져 있는 역천마기가 자석에 끌린 쇳붙이처럼 이곳으로 모여든단 말입니까? 더구나 육안으로 보일 정도의 역천마기라니?"

제갈유의 음성에는 불신의 기색이 가득했다.

백운천이라고 대답할 말이 있을 리 없다.

그는 제갈유의 말을 귓전으로 흘리며 무거운 음성으로 물었다.

"역천마기가 무문대진에 어떤 영향을 미칠 것이라고 생각하는가?"

"죄송합니다. 지금으로서는 무어라 확언을 할 수 없습니다, 련주님."

제갈유는 스스로도 답답한지 대답을 한 후 길게 탄식했다.

'진인사대천명이라… 최선을 다하고 하늘의 뜻을 기다릴 수밖에 없겠구나.'

그러했다.

지금 그가 할 수 있는 것은 최선을 다하는 것뿐이었다.

일각.

검엽이 일백 장을 전진하는 데 걸린 시간이었다.

검엽의 안색은 창백했다.

위에서 누르고 아래서 잡아당기는 상상초월의 외부 압력을 견뎌내야 했고 또한 내부에서 무시무시한 기세로 응축과 폭발을 반복하는 절대역천마기를 제어해야 했다.

양의분심공을 극성으로 발휘하고 있지만 쉽지 않은 일이었다.

으드득.

악다문 이가 저절로 갈렸다.

그의 눈은 굵은 핏발이 서 있었다.

파멸천강지기의 기운이 미친 듯이 그를 휘감고 소용돌이쳤다.

그러나 그 기운은 평소처럼 외부로 자유롭게 투사되지 못했다.

검엽은 파멸천강지기의 투사를 허락하지 않았다.

천강지기를 그렇게 풀어놓는다면 그조차 뒷감당하기 어려운 상황이 벌어질 것이 분명했기 때문이었다.

'일각 동안 칠륜이 일곱 번 돌았다. 진세의 압력이 점점 더 강해지고 있어. 그 압력에 대한 반발로 응축과 폭발에 걸리는 시간도 점점 짧아진다. 내가 제어할 수 있는 한계가 가까워지고 있다. 어이가 없구만. 고작 진세 따위에 이런 상황에 처하다니. 내가 너무 백도를 무시하고 있었단 말인가.'

검엽은 호흡을 끊고 있었다.

이것도 심마지해를 나온 후 처음 있는 일이었다.

다시 일각.

검엽이 진세에 들어서서 전진한 거리는 이백 장이 되었다.

검엽의 시선이 흘깃 하늘을 보았다.

지존천강력이 외부에 의해 억압되어서였을까.

천지간의 절대역천마기가 하늘을 뒤덮고 있었다.

그리고 그 마기는 끊임없이 진세의 틈을 비집고 들어오려 시도하는 중이었다. 마기의 목적지는 검엽이었다.

당화와 운경자가 이끄는 당가와 화산파의 일천 무사가 그의 앞에 모습을 드러낸 것이 그때였다.

검엽은 푸른 귀화처럼 변한 눈으로 자신의 앞에 진을 친 일천 무사를 바라보았다.

그들의 움직임은 자연스러웠다. 검엽과 달리 그들은 진의 중압을 받고 있지 않았다.

기이하게도 서로를 발견한 순간 안개는 더 이상 시야를 방해하지 못했다.

그렇다고 검엽을 괴롭히고 있는 압력까지 사라진 것은 아니었다.

검엽의 전신을 구렁이처럼 휘감은 파멸천강지기가 용틀임하듯 꿈틀거렸다.

핏빛으로 변한 빙천혈의.

눈으로 빚은 듯 희고 투명해서 더 신비롭게 보이는 외모.
전신을 휘감은 채 느릿하게 유동하고 있는 묵청기.
그리고,
붉은 혈기가 떠도는 시퍼런 두 개의 귀화.
검엽을 직접 본 일천 무사는 충격을 받았다.
귀가 따가울 정도로 들은 소문 덕분에 선입견이 만들어지기도 했지만 실제로 본 검엽의 모습에서 그들은 검엽이 사람이라는 느낌을 전혀 받지 못했던 것이다.
당화의 입술 사이로 떨리는 목소리가 흘러나왔다.
"…악… 마……."
운경자도 당화와 동일한 느낌을 받았기에 절로 고개를 끄덕였다.

―부숴라! 죽여라! 모든 것을 파괴해라! 피로 강을 만들고 시신으로 탑을 쌓아라! 너를 괴롭히는 것들로부터 벗어나고 싶지 않느냐!

검엽은 자신의 마음속에서 들려오는 낯선 속삭임을 듣고 있었다.
그것은 진정 심마(心魔)였다.
심마지해에서 매순간 그를 괴롭혔던 심마가 공포였다면 지금 그를 찾아온 심마는 쾌락(快樂)에 대한 원초적인 욕망이었다.

검엽의 입가에 소리없는 미소가 떠올랐다.

'나는 고검엽이다!'

그것은 검엽의 자존, 스스로에 대한 강한 자부심이 만들어낸 선언이었다.

무엇이 그의 마음을 사로잡아 원하지 않는 일을 하게 할 수 있을 것인가.

'나는 고검엽, 창룡신화종의 당대 종주, 혼돈으로부터 태어난 파괴의 저주 바로 천마다!'

그는 심마지해를 나선 후 파괴를 통해 혼돈을 만들어내 왔다.

그러나 그것은 그의 의지의 소산이었지, 쾌락에 매몰된 광태가 아니었다.

심마는 조금씩 잦아들었고, 그의 눈을 뒤덮어가던 혈기는 빠르게 사그라져 갔다 .

그렇게 심마는 사라지는 듯싶었다.

당화와 운경자의 움켜쥔 주먹이 아래로 떨어졌다.

공격 신호였다.

싸우기 위해 기다리던 사람들과 싸우기 위해 먼 길을 걸어 이곳까지 온 사람이 만났다.

대화는 아무런 의미가 없었다.

암기와 독을 움켜쥔 당문의 제자들은 비응표로, 매화 문양이 검병에 양각된 검을 쥔 화산의 제자들은 운해비룡신법으로.

각자의 독문신법을 펼치며 날아오르는 일천의 무인은 군무를 추는 것처럼 화려하고 위풍당당했다.

그들의 선두에 선 사람은 당화와 운경자였다.

그때였다.

디이이잉, 딩딩—

한줄기 사람을 취하게 만드는 금음(琴音)이 안개를 파고들었다.

第十章

금음성(琴音聲)은 아름다웠다.

한 곡의 연주.

그러나 그 연주가 어떤 결과를 불러일으킬지는 시전한 사람도 음을 들은 사람도 알지 못했다.

검엽을 향해 신형을 날린 당화와 운경자를 포함한 일천 무인의 두 눈이 찢어질 듯 커진 것은 금음성이 들리기 시작한 직후였다.

검엽을 휘감고 있던 묵청기가 변하고 있었다.

금음성은 검엽에게 엄청난 타격을 주었다.

그 안에 실린 공력과 음공의 오묘함은 문제가 아니었다. 금음이 탄주된 시점이 실로 절묘했던 것이다.

금음이 들려왔을 때 검엽은 응축과 폭발을 일곱 번 반복하고 여덟 번째로 칠륜을 만들어내기 위해 되돌아가는 지존천강력을 제어하고, 진세에 의해 반탄되어 되돌아온 파멸천강지기의 여파를 몸 안으로 받아들여 천강력으로 환원하려 하고 있었다.

금음은 그 두 가지 흐름이 교차하는 순간을 강타했던 것이다.

최고도로 발휘되던 검엽의 집중력이 찰나간 흐트러졌다.

그 시간은 일수유지간에 불과했다.

그러나 그로 인한 여파는 가공스러운 것이었다.

여덟 번째로 칠륜을 회전시키려던 천강력이 흐트러진 검엽의 집중력을 따라 제 길을 찾아 되돌아가지 못하고 비틀렸다. 천강력이 비틀리자 진세에 의해 반탄된 파멸천강지기의 여파도 천강력에 흡수되지 못하고 검엽의 경락을 세맥까지 파고들며 뒤틀었다.

미친 듯이 경락을 질주하는 지존천강력의 기세는 그 주인인 검엽이 제어할 수 있는 정도를 단숨에 벗어났다.

무인들이 흔히 말하는 주화입마의 상황이었다.

그러나 상황이 그것으로 그쳤다면 검엽은 몸 안의 변화를 어렵지 않게 수습했을 것이다.

그에게는 그럴 능력이 있었다.

검엽의 미간과 중완혈, 그리고 기해혈의 상중하 삼단전이 검푸른 별무리에 뒤덮였다.

어느 한곳이 아니라 세 곳에서 동시에 벌어진 변화였다.

검엽의 신체는 그의 선친 고천강이 펼친 대법에 의해 근본적으로 바뀐 상태.

그가 받아들일 수 있는 절대역천마기의 양은 신화종 전 역사상 최대였다.

그래서 심마지해에서 검엽이 받아들였던 절대역천마기의 양은 수치로 환산할 수 없을 정도로 막대했다.

그렇지만 검엽은 그 절대역천마기를 온전히 천강력에 쓰지 못했다. 몸이 버틸 수 없었기 때문이다.

그렇게 잠재된 절대역천마기의 양은 검엽조차 어느 정도인지 헤아리지 못했다.

심마지해를 벗어난 검엽이 지존천강력의 수련을 위해 그것을 끌어 쓰지 못하고, 바깥세상의 순수하지 못한 역천마기를 사용했을 경우 어떤 일이 벌어질지 그 자신조차 확신하지 못했기 때문이었다.

성공한다면 검엽은 팔륜을 성취하고 구륜경을 바라볼 수 있을 터였다. 그러나 실패한다면 신마기는 폭주하고 천하는 진정한 악마, 마의 군주가 강림하는 것을 보게 될 것이고.

신마기의 폭주, 그것은 절대역천마기의 제어가 풀린 상태를 말하는 것이고, 폭주는 혼돈귀원대법과 심마지해를 거친 자들에게서만 나타난다.

신마기를 타고났다고 해도 대법과 심마지해를 거치지 않은 자는 폭주 자체가 일어날 일이 없었다.

그런데 그렇게 주인인 검엽이 틀어막고 있던 절대역천마기의 문을 금음이 열어버린 것이다.

푸르스름하게 빛나던 검엽의 두 눈이 금방이라도 피가 뚝뚝 떨어질 듯한 핏빛으로 시뻘겋게 물들었다.

"흐으으으……"

귀곡성과도 같은 낮은 신음 소리가 검엽의 입술 사이로 새어 나왔다.

당화와 운경자는 원인을 알 수 없는 공포가 벼락처럼 엄습하는 것을 느꼈다.

그것은 예감이었고 전율이었다.

그리고 그들의 예감은 현실이 되었다.

당화가 악을 쓰듯 외쳤다.

"손에 사정을 두지 말고 저자를 죽여라!"

그의 외침이 사방으로 퍼져 나갈 때 검엽의 모습이 변하기 시작했다.

구렁이처럼 그를 휘감고 똬리를 틀고 있던 묵청색의 기운이 폭발하듯 수직으로 솟구치며 무서운 기세로 범위를 확장해 갔다.

그때까지 묵청기, 파멸천강지기를 위축시키던 진세는 더 이상 힘을 쓰지 못하고 확장되는 천강지기 앞에 무기력하게 스러졌다.

파멸천강지기의 확장과 함께 검엽의 머리 위 십여 장 상공이 무참하게 일그러지며 찢어졌다.

무사들의 눈에는 공간이 찢어지는 것처럼 보였고, 실제로 공간은 찢어졌다. 그리고 그 사이로 거대한 새의 부리가 나타났다.

강철을 연상시키는 부리에 이어 피 웅덩이가 고인 듯한 붉은 눈이, 머리가, 그 뒤로 몸통과 날개, 그리고 두 발과 꼬리가 드러났다.

운경자가 검을 고쳐 쥐며 중얼거렸다.

"천마조……."

황보가에서 최초로 모습을 드러냈다는 천마의 상징.

그러나 귀조의 모습은 황보가에서 나온 소문과는 크기부터 달랐다.

황보가에서 귀조는 날개를 편 길이가 오 장가량이었다고 했다.

그런데 지금 공간을 찢고 나타난 귀조를 보라.

날개 하나의 길이가 오 장여에 이르지 않는가.

가히 작은 동산만 한, 조(鳥)가 아니라 붕(鵬)이라 불러야 마땅한 거조의 형상이었다.

일천 무사의 운신이 느려졌다.

비현실적인 상황에 닥치자 그들의 몸이 정신의 통제를 따르지 않는 것이다.

어린 시절 공동묘지에 갔을 때 느꼈던 미지의 공포가 사람들의 마음을 슬금슬금 장악해 가고 있었다.

그들의 공포에 결정타를 가한 것은 귀조와 더불어 검엽에게 일어난 변화였다.

검엽의 등 뒤로 높이 십여 장에 달하는 흑암의 거인이 서서히 일어나고 있었다.

검엽의 정신이 만들어낸 산물이기에 지금까지는 초강 고수들의 눈에만 보였던 심령상의 거인.

그 흑암의 거인이 평범한 무림인의 심령을 파고들 만큼 강렬한 존재감을 얻어 세상에 모습을 드러내고 있었다.

흑암의 거인은 비록 귀조처럼 형상을 얻지는 못했지만 평범한 무인의 심령에도 보일 정도의 존재감이니 형상을 얻은 바와 다를 것이 없었다.

바다처럼 짙고 어두운 안개를 뚫고 일어선 거인의 모습은 그 자체로 전율과 공포였다.

허리까지 오는 칠흑처럼 검은 머리는 밤바람에 깃발처럼 휘날렸고, 그 머리카락 사이로 핏빛의 안광이 이글거렸다.

고대에 입었을 법한 묵빛의 장포 자락은 소리없이 펄럭였고, 소맷자락 사이로 새어 나온 검은 두 손은 지옥 겁화의 열기를 담고 검게 타오르고 있었다.

이들은 폭주하는 신마기에 의해 개방된 절대역천마기로 힘을 얻고 형상과 존재감을 획득했다.

지상에는 거대한 흑암의 거인.

하늘에는 혈안의 천마조.

그 앞에 악마처럼 아름다운 혈안의 미공자.

그리고 그 셋의 상공에 거대한 소용돌이를 만들며 휘도는 하늘의 검푸른 기운.

당화와 운경자는 말을 잊었다.

공격해야 한다는 생각조차도 잊었다.

그들의 눈앞에 있는 자는 인간이 아니었다.

사람이 아닌 자를 상대로 어떻게 싸운단 말인가.

절망과 공포가 당문과 화산파의 무사들을 떨게 했다.

"후욱. 후욱… 흐으으으……."

기이한 숨소리를 흘리며 검엽은 핏빛 눈을 들어 자신에게 접근하는 일천 무인을 돌아보았다.

창백하게 보일 정도로 흰 피부이기에 더 붉어 보이는 그의 입술이 살짝 벌어졌다.

"마의 하늘(摩天)이 너희들의 머리 위에서 열리리라. 피와 주검으로 마의 군주를 경배하라!"

검엽은 고개를 번쩍 들어 하늘을 보며 두 팔을 벌렸다.

하늘에서 거대한 소용돌이를 만들며 요동치던 절대역천마기가 폭포수처럼 그의 머리 위로 쏟아져 내렸다.

콰콰콰콰콰콰—

검엽의 전진이 시작되었다.

저벅.

암울한 절망이 일천 무인을 사로잡았다.

두 걸음을 전진한 검엽은 손을 뻗었다.

동공을 파열시킬 듯 찬란한 묵청광이 그의 장심에서 회오리치며 일어났다.

그와 함께 흑암의 거인이 둥실 허공으로 떠올랐다.

검엽의 손이 전방을 향해 움직이고, 검붉은빛과 함께 활활 타오르는 거인의 두 손도 느릿하게 정면의 허공을 갈랐다.

사람들은 보았다.

검푸른 불길이 천지를 태우며 자신들에게 다가오는 것을.

그것은 겁화(劫火), 파멸과 재앙의 불길이었다.

거인의 뒤로 천마조가 날아올랐다.

꾸우우우우우―

거창한 괴조음이 무문대진을 뒤흔들었다.

쉬지 않고 들리던 금음성이 뚝 끊어졌다.

괴조음과 함께 천마조의 거대한 날개가 가공할 기세로 펄럭였다.

칼날의 형상을 한 검푸른 바람이 강공할 기세로 지상에 내리꽂혔다.

검엽의 두 손, 아니, 사람들의 눈에는 흑암의 거인이 일으킨 것으로 보이는 상상을 넘어선 파멸천강지기가 일천 무인이 있던 자리를 해일처럼 휩쓸었고, 그 뒤를 천마조의 날개에서 일어난 광풍이 덮쳤다.

사람들은 피해야 한다고 생각했다.

실제로 움직인 사람은 당화와 운경자밖에 없었다. 그러나 그들도 재앙을 피해내지는 못했다.

그 둘을 제외한 일천의 무인은 한 치도 움직이지 못한 채 재앙을 맞이했다.

공포가 그들의 몸을 마비시킨 것이다.

콰콰콰콰쾅!

화산이 폭발하는 듯했다.

땅이 뒤집어지고 흙먼지가 천지를 가리며 일어났다.

무문대진의 안개도 사방으로 흩어졌다.

검엽의 손은 한 번 움직인 듯했지만 지존천강수의 아홉 초식 중 네 개가 연이어 펼쳐졌다.

천강낙뢰수와 그에 이은 천강번천수, 그리고 천강붕천수와 천강구겹수까지.

강기의 파도, 장영의 산사태였다.

비명은 없었다.

일천 무인이 있던 자리는 거대한 공동으로 화했다.

사방 이백여 장이 넘고 깊이 십여 장에 이르는 거대한 공동.

사람의 모습은 보이지 않았다.

피와 주검도 없었다.

흩날리는 재만이 보일 뿐이었다.

검엽은 숨을 크게 들이쉬었다.

인간의 공포가 만들어낸 심마와 육신을 잃은 혼의 원독이 그의 전신으로 스며들었다.

그의 입가에 환한 미소가 떠올랐다.

"기분 좋은 밤이로군."

혈안이 귀조를 향했다.

"천마조라고 불렀었던가. 나쁘지 않군."

귀조를 훑어보던 그의 혈안이 흑암의 거인에 닿았다.

"그렇다면 네게도 이름이 있어야겠군. 너는 이제부터 천마암혼이라 불리게 되리라."

천마조와 천마암혼은 침묵으로 그의 말에 복종했다.

둘 모두 검엽의 정신에서 태어나 절대역천마기로 형상과 존재감을 얻은 존재들이 아닌가.

검엽의 두 눈에 떠오른 혈기는 시간이 갈수록 강해졌다. 그의 눈 어디에도 사람의 빛은 찾아볼 수 없었다.

그의 시선이 안개 너머를 훑었다.

"후후후. 과연 언제까지 지켜만 보고 있을 수 있을까. 기다려 주지."

나직한 웃음과 함께 중얼거린 그는 뒷짐을 지고 천천히 걸음을 옮겼다.

저벅.

무문대진의 안개가 이전까지와는 다르게 힘없이 갈라지며 십여 장 너비의 길이 났다.

몰려드는 절대역천마기의 양은 점점 많아져 무문대진의 상공은 검푸르게 변해갔고, 대지는 두려움에 몸부림치며 뒤틀렸다.

저벅.

발자국 소리는 났다.

그러나 검엽의 두 발은 지면을 밟고 있지 않았다.

그의 신형은 지면에서 석 자 위 허공에 뜬 채로 미끄러지듯 앞으로 나아갔다.

어둠 속을 부유하는 귀신처럼.

제갈유의 입가에 한 줄기 굵은 핏물이 흘러내렸다.

마침내 견디지 못한 그가 입을 벌려 덩이진 피를 토해냈다.

울컥!

백운천의 안색은 조금 창백해져 있었다.

"군사……."

"이런 일이, 이런 일이……."

제갈유는 백운천의 부름에 대답도 하지 않은 채 시체처럼 허옇게 뜬 얼굴이 되어 중얼거리기만 했다.

망연자실한 기색.

그와 백운천이 내려다보고 있는 대진판 위의 안개는 서쪽에서부터 속절없이 길게 찢어지며 판 전체가 부서질 듯 흔들리고 있었다.

안개가 갈라지는 지점은 푸른 점이 이동하는 선과 동일했다. 그리고 푸른 점의 뒤쪽으로 산산이 부서진 흑색 깃발 두 개가 보였다.

진세와 심령으로 연결된 제갈유는 무문대진이 충격을 받자 함께 충격을 받은 것이다.

지휘 군막과 서쪽 경계의 거리는 이십오 리다.

푸른 점은 지켜보는 동안에도 일직선으로 군막을 향해 전진하고 있었고, 무문대진은 무기력하게 길을 내주었다.

그리고 푸른 점의 뒤로 부서진 흑색 깃발의 숫자가 하나둘씩 늘어났다.

고고하기만 하던 제갈유의 모습은 추레하기 이를 데 없게 바뀌었다.

입에서만 흐르던 핏물은 칠공으로 번졌고, 낯빛은 시체나 다를 바 없었으며, 전신에서는 비 오듯이 식은땀이 흘렀다.

그가 사시나무처럼 떨리는 음성으로 중얼거렸다.

"무당… 종남… 모용… 본가까지……."

흑색 깃발의 숫자는 여덟.

무너진 문파도 여덟이었다.

무당파, 종남파, 모용세가, 제갈세가, 그리고 강북 백도무림의 거두들이 이끌던 네 개의 무리.

검엽이 무문대진에 들어선 지 한 시진.

먼저 무너진 당가와 화산파를 포함하면 그 짧은 시간 동안 제갈유의 가문을 비롯 전통의 문파와 세가, 그리고 백도의 고수들이 연합한 무리 열 곳이 무너졌다.

한 무리는 오백으로 이루어졌으니 죽어간 무사들의 수가 벌써 오천이었다.

그들 개개인이 최하 일류고수 수준이다.

그런 고수 오천이 죽었다.

백도무림의 근간이 흔들릴 일이었다.

백운천이 말했다.

"무문대진이 저자에게 아무런 영향을 미치지 못하고 있다고 봐야겠군."

"그렇… 습니다, 련주님."

"부련주는 아직도 움직이지 않는가?"

제갈유는 서방의 흑색 점 여덟 개를 손으로 가리켰다.

"움직이고 있습니다만 아직 공격을 하지는 않고 있습니다."

백운천은 입술을 깨물었다.

"부련주가 움직이는 걸 기다리고 있을 수만은 없네. 남은 문파를 모두 이곳으로 불러들이게. 이 이상의 희생은 안 되네. 희생자의 수가 여기서 더 늘어나면 이 싸움에서 이긴다 해도 총련은 지금까지의 위상을 유지할 수 없게 돼. 무문대진의 중압과 환각에서 그자가 온전히 자유로우리라고는 생각되지 않네. 이곳까지 오는 동안 그자도 기운이 빠지겠지. 남은 문파들이 연수한다면 그자를 잡을 수 있네."

백운천의 음성엔 깊은 열패감과 분노, 그리고 은은한 두려움이 깃들어 있었다.

그는 싸움의 양상이 이렇게 흐르리라고는 상상도 하지 않았던 것이다.

"알겠습니다, 련주님."

제갈유의 손이 대진판 위에서 바쁘게 움직였다.

서방을 중심으로 어지럽게 흩어져 있던 흑색 깃발들이 지휘군막이 있는 자리에 꽂혔다.

장극산의 두 눈은 두려움에 질려 있었다.

"창룡신화종……. 회의 선대 분들이 그처럼 봉황천을 경계했던 이유를 알겠구나."

그들 둘러싸고 있는 일곱 명의 남녀도 그와 표정이 비슷했다.

두려움과 곤혹, 불신.

온갖 감정이 겉으로 드러난 얼굴들.

그들 중에는 사마결의 심복인 모추도 있었고, 구미부인 진완완도 있었다.

진완완은 품에 안고 있던 고금(古琴)을 탄주할 수 있도록 현(絃)을 위로 향하게 하여 왼손에 들고 있었다.

그들은 검엽이 무문대진 안으로 들어온 직후부터 지금까지 벌인 일을 전부 지켜보았다.

모추가 어이없다는 듯 중얼거렸다.

"대체 어떻게 된 놈이기에 진 부인이 펼친 음후의 천봉금악장을 자장가처럼 흘려들을 수 있단 말이냐. 저놈이 무창에서 만났던 그놈과 정말 같은 놈인가? 아무리 사별삼일이면 괄목상대한다는 말이 있다고 해도 이건 너무한 일이야."

장극산이 모추를 향해 말했다.

"믿기지 않지만 벌어지는 일이오. 그리고 저놈은 우리가 쓰러뜨려야만 하는 자이고."

모추와 진완완을 비롯한 일곱 사람의 얼굴에 비장한 기색이 떠올랐다.

모추는 안타까움이 가득 담긴 음성으로 말했다.

"오 년 뒤라면 우리도 칠대고수의 절기를 온전히 수습할 수 있었을 테고, 그렇다면 저놈과의 승패를 걱정하지 않아도 됐을 것을."

"세상사가 원하는 대로 흘러가지는 않는 법이죠."

진완완이었다.

장극산이 그들에게 말했다.

"지체할 시간이 없소. 이미 열 개의 무리가 전멸했소. 총련이 더 많은 타격을 입는 건 소곡주께서도 바라는 일이 아니외다. 우리가 전력을 다해 합공한다면 능히 저자를 죽일 수 있소. 그대들이 익힌 무공이 누구의 것인지 잊지 마시오. 고금팔대고수의 무공 중 일곱 분의 진전이지 않소. 저자가 강하다 하지만 그분들보다 강할 수는 없소."

장극산의 말은 별로 설득력이 없었다.

모추 등은 자신들이 사마결로부터 배운 무공을 극한까지 수련한다 해도 검엽이 무문대진 내에서 보여준 신위와 같은 모습을 구현하지 못할 거라는 걸 너무 잘 알고 있었기 때문이다.

그러나 그것은 개인일 경우였다.

일곱이 모인다면 그들은 검엽과 같은 능력을 보일 수 있었다. 물론 자신들이 익힌 무공을 극한까지 익혔을 때 말이다.

아직 그들은 무공을 완성하지 못했다.

그래서 승리를 확신하지 못하고 있는 것이다 .

그래도 가야 했다.

그들은 자신들을 거둔 사마결에게 충성을 맹세했고, 그 충성심은 진정이었다.

사마결은 그들이 꿈도 꾸지 못했던 것들을 가능하게 만들어 준 은인이었으니까.

무인은 목숨을 걸고 싸워야 하는 순간이 있다.

그 순간을 외면하면 그 사람은 무인이 아니었다.

적어도 이 자리에 있는 자들 중 스스로를 무인이 아니라 생각하는 사람은 단 한 명도 없었다.

진완완조차도 그랬다.

감정은 감정이고 일은 일이었다.

실수는 한 번으로 족했다.

그녀는 그때 자신의 감정에 충실했다.

이제는 은혜를 갚아야 할 때였다.

팔 인의 두 눈이 무서운 빛을 발했다.

그들은 앞장서는 장극산의 뒤를 따라 움직였다.

서쪽 경계를 뚫고 전진한 거리가 십오 리.

부유하듯 허공을 미끄러지던 검엽의 신형이 환상처럼 제자리에 멈추더니 깃털이 떨어지듯 천천히 지면으로 내려앉았다.

그의 뒤를 따르던 암혼과 천마조도 멈췄다.

암혼은 검엽을 호위하듯 뒤에 섰고, 천마조는 날개도 펄럭이지 않으며 허공에 박힌 듯 정지했다.

두 발로 지면을 디딘 검엽의 눈이 사방을 훑었다.

"나오너라."

담담한 명령조.

그의 명령에 복종한 것일까.

그를 포위한 형태로 여덟 명의 남녀가 솟아나듯 그를 중심으로 팔방을 점하며 나타났다.

검엽과 그들의 거리는 대략 이십여 장.

그들은 천마조와 암혼을 어두운 눈으로 일별한 후 검엽에게 시선을 집중했다.

그들 중 두 명을 본 검엽의 붉은 눈에 미소가 떠올랐다.

낯익은 얼굴이었다.

한 명은 십수 년 전 무맹으로 가던 길에 무창의 객잔에서 본 자였고, 한 명은 진완완이었다.

시선을 움직여 포위한 자의 면면을 보던 그의 눈이 장극산의 얼굴에서 멈췄다.

"네가 우두머리인가?"

분노로 인해 장극산의 안색이 달아올랐다.

그는 순간적으로 두려움을 잊었다.

"이제 갓 삼십을 넘었다 들었는데 말투가 실로 광망하구나."

검엽은 피식 웃었다.

"사마결도 버릇이 없었는데 그 수하도 마찬가지로군."

여덟 명의 얼굴빛이 동시에 붉어졌다.

노한 것이다.

모추의 눈짓을 받은 진완완의 오른 손가락이 고금의 현 위에서 뛰어 놀기 시작했다.

딩, 디딩, 딩딩딩—

검엽의 혈안이 빛났다.

"너라고 생각했었다. 그것이 음후의 천봉금악장인가?"

진완완은 입술을 깨물며 고개를 살짝 끄덕였다.

다른 사람들은 경악한 기색이었다.

장극산이 말했다.

"견식이 놀랍구나. 삼백 년 동안 잊혀졌던 음후의 절학을 한 번에 알아맞히다니."

"말이 많군. 밤이 길면 꿈도 많은 걸 모르는구만."

검엽은 소리없이 웃으며 손을 들어 올렸다.

검푸른 섬광이 그의 장심에서 뇌전처럼 작렬하고 있는 것이 사람들의 눈에 들어왔다.

양쪽 다 입을 다물었다.

사람들은 검엽의 뒤에 서 있는 암혼이 손을 들어 올리는 것을 보았다.

암혼의 무서운 기세는 심령에 투영되는 모습이었다. 하지만 그 모습이 너무나 생생해서 현실이 아니라는 걸 믿을 수 없을 정도였다.

장극산은 자신도 모르게 중얼거렸다.

"악마… 같은 놈."

그의 음성은 작았다.

보통 사람이라면 옆에서 귀 기울이지 않으면 듣지 못할 정도.

하지만 검엽은 보통 사람이 아니다.

그의 얼굴에 하얀 웃음이 피어났다.

그리고 그의 손이 움직였다.

검엽의 분신인 암혼의 손도 움직였다.

장극산의 안색이 진짜 귀신이라도 본 것처럼 해쓱하게 변했다.

반월형의 검푸른 강기가 가공할 속도로 공간을 뛰어넘어 그를 갈라오고 있었다.

그 순간,

진완완의 천봉금악장이 막대한 기세를 담고 소리를 높였고, 모추를 비롯한 여섯 명의 고수도 날아올랐다.

디딩, 디디디딩—

한 시대 천하를 석권했던 일곱 개의 절기가 가공스러운 위력을 담고 검엽을 공격했다.

음후의 천봉금악장.

혼세염왕의 염왕파뢰권.

무영천도자의 일월천유장.

수라천존의 수라천극도.

천뢰상인의 뇌정철수.

천상검제의 수미천신검.

만독노조의 마라혈독강.

검엽의 사방 삼십여 장이 그들의 공세하에 놓였다.

장영이 난무하고 검, 도광이 하늘 끝까지 충천했다.

빠져나갈 수 있는 틈은 없었고, 일곱 무인의 무공은 검엽을 난자하는 듯싶었다.

겉으로 보기에는 더할 수 없는 위기.

그러나 검엽의 얼굴에 떠오른 미소는 지워지지 않았다.

"그들 일곱의 무공을 완성했다 해도 나를 곤란하게 할 수 없거늘, 고작 갓 오성을 넘은 수준밖에 되지 않은 무공으로 내 앞을 막으려 했단 말이더냐. 사마결, 네가 나를 능멸하느냐!"

검엽의 혈안에서 핏빛의 광채가 폭발하듯 흘러나오고, 입가에 떠오른 미소는 진해졌다.

그 미소도 핏빛이었다.

공간을 뛰어넘어 장극산을 공격하던 천강월인이 갑자기 신기루처럼 사라졌다.

전력을 다해 뒤로 물러나던 장극산은 어리둥절한 얼굴이 되었다.

그것이 그의 마지막이었다.

사라졌던 천강월인이 그의 전면 허공을 가르며 사라질 때처럼 갑자기 나타나더니 한 치의 머뭇거림도 없이 장극산의 목을 베어버렸다.

피가 분수처럼 위로 터졌다.

일곱 명의 고수는 이를 악물었다.

삼십여 장을 자신들의 공세하에 놓았음에도 불구하고 검엽을 제지하는 데 실패한 것이다.

그들 중 평소 창천곡을 찾은 장극산과 바둑을 둘 정도로 가까웠던 모추의 충격이 가장 컸다.

"으으으…… 죽여 버리겠다, 이 악마!"

앓는 듯한 신음과 함께 그는 자신이 펼친 염왕파뢰권에 혼신의 공력을 더했다.

분노와 두려움이 복합되어 그는 사용을 한 적이 없는 진원까지 끌어올렸다.

그의 주먹에 둑이 터진 듯 무거운 내력이 더해졌다.

검엽은 일곱 무인의 공격을 도외시하고 천강월인수를 펼쳤다.

칠인의 공세가 그의 몸에 작렬했다.

아니, 그의 몸에 작렬하려는 순간 나타난 아홉 개의 검푸른 방패와 충돌했다.

검엽의 뜻이 이르자 구환마벽이 구현된 것이다.

콰콰콰콰쾅!

격렬한 충돌음과 함께 삼십여 장 이내가 벽력탄 십여 개가 동시에 터진 듯 뒤집어졌다.

흙과 돌덩이들이 비산했고, 무문대진의 안개는 속절없이 밀려났다.

"으으으으…… 인간이 어찌 저런 무공을 펼칠 수 있단 말인가."

모추의 중얼거림이 다른 사람들의 심정을 그대로 대변했다.

구환마벽은 하나도 부서지지 않았다.

유성처럼 검엽의 주위를 떠돌며 명멸하는 구환마벽.

그 안에 뒷짐을 지고 서 있는 검엽의 모습은 모추 등에게 인간이 아니라 악마로 다가왔다.

검엽의 혈안과 마주친 모추 등은 눈이 빠질 듯한 충격에 고개를 돌렸다.

검엽은 무심한 어조로 말했다.

"기다리는 자들이 있다는 걸 너희도 잘 알고 있겠지. 너희들과 더 이상 놀아주지 못하고 떠나는 날 이해해라. 지옥에서!"

검엽은 뒷짐을 풀고 두 손을 들어 올렸다.

장심에서 폭발하듯 튀어나오는 묵청색 강기의 해일.

모추 등은 직감했다.

정면에서 저 기세를 감당하는 건 불가능하다는 것을.

일곱 무인의 신형이 번개처럼 그 자리에서 사라졌다.

그들은 마치 메뚜기처럼 사방으로 흩어졌다.

한 방향으로 움직이는 건 자살행위라는 걸 알아차린 때문이었다.

그들은 한 걸음에 이십 장을 움직이는 초절정의 고수들이다.

일곱이 칠 방으로 흩어지면 한두 명은 몰라도 그들 전부를 잡는 건 상대가 누구라도 불가능했다.

그들은 그렇게 믿었다.

그러나 세상에는 불가능을 가능하게 만드는 사람도 있었다.

검엽의 장심에서 일어난 파멸천강지기는 모추 등이 흩어질 때 일곱 개의 방패로 화했다. 구환마벽 중 일곱 개가 흩어지며 자리를 바꾼 것이다.

구환마벽은 두 개가 남았다. 그리고 검엽의 장심 위에 나타난 일곱 개의 방패는 폭 한 자가량의 톱니가 달린 일곱 개의 원반으로 형태가 변환되었다.

구환마벽을 암천유성혼으로 변형시켜 펼치는 수법.

빙궁에서 사용되었던 수법이지만 당시와 지금은 그 위력이 또 달랐다.

그 모든 변화는 모추 등 일곱 무인의 신형이 그 자리에서 막 흩어지려 할 때쯤 완성되었다.

그리고 일곱 무인이 메뚜기처럼 사방으로 흩어질 때 일곱 개의 원반이 그들을 쫓아 허공을 갈랐다.

쐐애애애액―

공기가 찢어지는 소리가 고막을 두드렸다.

소리는 원반이 움직이고 나서야 났다.

원반은 찰나지간 수십여 장을 가로질렀다.

일곱 무인은 사색이 되었다.

가공할 기세가 실린 무언가가 자신들의 뒤를 노리며 날아들고 있었다.

피할 수 없다는 것을 직감한 그들은 거의 동시에 허공에서 공중제비를 돌며 자신들이 익힌 최강의 무공을 원반에 쏟아부었다.

검엽의 사방 일곱 군데에서 무시무시한 충돌이 벌어졌다.

쾅― 쾅― 쾅― 쾅― 쾅― 쾅― 쾅―

뒤를 이은 것은 구천에 사무치는 처절한 비명이었다.

"으아아아아아악—"

비명은 줄에 꿴 듯 하나로 났다.

그리고 일곱 군데에서 피보라가 피어났다.

목이 잘린 자, 팔다리와 함께 허리가 잘린 자.

죽음의 형태는 다양했다.

그리고 죽음의 운명을 피한 자는 전무했다.

일곱 명이 펼친 무공을 파훼한 후 그들을 베어버린 원반은 일 장 정도를 더 나아가다가 스르르 소멸했다.

정적이 찾아들었다.

허공을 미끄러지듯 이동한 검엽은 진완완의 시신 앞에서 걸음을 멈췄다.

진완완의 죽음은 다른 여섯 명에 비해 온전한 편이었다.

원반은 그녀의 심장을 갈랐다.

그 때문에 그녀의 육신은 다른 자들처럼 흩어지지 않았다.

진완완의 얼굴은 평온했다.

분노도 원망도 엿보이지 않았다.

초연하게까지 보이는 모습.

무엇이 죽음 앞에서 그녀를 초연하게 했던 것일까.

검엽의 붉게 빛나던 두 눈이 일그러졌다.

"끄으으으으……."

악문 검엽의 입술 사이로 짐승의 울부짖음과도 같은 괴음이 흘러나왔다.

검엽은 떨리는 손을 마주 잡았다.

붉게만 빛나던 두 눈에 검푸른빛이 희미하게 흘렀다.

"나… 는… 고검엽… 이다……. 그 무엇도… 나를 지배할… 수… 없다……."

그의 붉은 입가에 입술보다 더 붉은 핏물 한 줄기가 흘렀다.

검엽의 신형이 비틀거렸다.

그러나 곧 그의 신형은 안정되었다.

눈에 감돌던 검푸른빛도 사라졌다.

그의 두 눈은 다시 붉디붉은 혈안으로 돌아와 있었다.

"고검엽, 내 안에서 그대로 사라져라. 너와 나는 몸을 공유하고 있으나 나는 네가 아니다. 나는 마의 군주. 마의 하늘을 열어 천하를 파괴하고 모든 것을 무(無)로 돌릴 사람이다!"

검엽의 혈안이 동쪽을 향했다.

지금까지의 싸움은 서론에 불과했다.

정무총련의 진정한 지배자가 있는 곳까지는 더 가야 했다.

검엽의 신형이 둥실 허공으로 떠올랐다. 그리고 허공을 미끄러지기 시작했다.

〈제9권 끝〉

Book Publishing CHUNGEORAM

천마검섭전

〔天魔劍섭傳〕

임준후
新무협 판타지 소설

인세에 지옥이 구현되고 마의 군주가 천신하면
그 누구도 그를 막지 못하리라!
이는 태초 이전에 맺어진 혼돈의 맹약, 육신에 머문 자나
육신을 벗은 자나 누구도 피할 수 없는 구속의 약속일지니……

주검과 피, 그리고 살기가 강물처럼 흐르는 전장에서
본연의 힘을 되찾게 되는 신마기!
신마기의 주인은 전장을 거칠 때마다 마기와 마성이 점점 더 강해져
종국에는 그 자체로 마(魔)가 된다……

제어되지 않는 신마기…
이는 곧 혼돈의 저주, 겁화의 재앙이다!

유행이 아닌 자유추구
WWW.chungeoram.com
Book Publishing CHUNGEORAM